Marion Amann · Das springende Pferd

MARION AMANN

Das springende Pferd

Eine Geschichte über Pädagogik und die Liebe

Innensicht einer Lehrerin am Jagdberg

BUCHER

Bibliografische Information der Deutschen Nationalbibliothek:
Die Deutsche Nationalbibliothek verzeichnet diese Publikation
in der Deutschen Nationalbibliografie; detaillierte bibliografische
Daten sind im Internet über http://dnb.d-nb.de abrufbar.

1. Auflage 2013
Herausgeber Sozialpädagogische Schule, www.sps.or.at

BUCHER Verlag
Hohenems – Wien – Vaduz
www.bucherverlag.com

Umschlagbild Schülerarbeit Atelier ZEBRA
Druck BUCHER Druck & Verlag, Hohenems

Printed in Austria

ISBN 978-3-99018-205-5

Liebe Monika,
ich danke dir als Teamkollegin für die ungezählten Stunden fachlicher und emotionaler Begleitung und für deine Präsenz als *critical friend.* Dein Blick für das Detail, dein unermüdliches Einfordern von inhaltlicher und formaler Genauigkeit waren mir eine große Unterstützung.

Liebe Elisabeth,
ich danke dir als Kollegin für die vielen Stunden fachlicher und emotionaler Unterstützung und für deine Rolle als *critical friend.* Deine ergänzenden und meinen Blick weitenden Anregungen waren eine sehr wertvolle Hilfe.

Ich bedanke mich bei Direktor Gerd Bernard, bei allen Lehrpersonen, den Haustechnikern, den Raumpflegerinnen, der Sekretärin und dem Zivildiener, die mich im beruflichen Alltag an der Sozialpädagogischen Schule begleiten:
Sabine Berchtold, Julia Bischoff, Nadine Breuss, Aysun Demirayak, Julia Egle, Christina Elsensohn, Elisabeth Ender, Katharina Fink, Leander Fritsche, Julius Gmeiner, Monika Grass, Alexandra Heinzle, Orsolya Kisfalusi, Angelika Konzett, Maria Lassner, Tanja Lebar, Cornelia Loitz, Alwin Mähr, Carmen Maier, Linda Marte, Hatice Motur, Erich Neuhold, Natalie Niederstetter, Bernadette Pajnik, Angelika Renn, Nina Roppele-Fulterer, Michael Spettel, Astrid Teubl, Bea Toth, Nadja Zagonel

Weiters bedanke ich mich bei allen Mitarbeiterinnen und Mitarbeitern des Sozialpädagogischen Internats für die kollegiale und fachliche Unterstützung.

Der Klang des Neubeginns oder Warum es dieses Buch gibt

Im Jahr 2003 wurde die privat geführte Sozialpädagogische Schule als Nachfolgerin der Landes-Sondererziehungsschule Jagdberg mit dem Anspruch einer umfassenden Erneuerung gegründet.

Das Werk der Frohbotschaft Batschuns als Schulträger und das Vorarlberger Kinderdorf in der Rolle des operativen Schulerhalters übernahmen dabei zentrale Funktionen. Ihre außergewöhnlich engagierte Unterstützung und vertrauensvolle Haltung waren die Basis, dass unsere Einrichtung sich gut entwickeln konnte.

Wir feiern somit das zehnjährige Bestehen, und das vorliegende Buch ist ein Ausdruck für die konzeptionelle und pädagogische Entwicklung unserer Schule für sozial und emotional benachteiligte Kinder und Jugendliche.

Die reflektierte und subjektive Innensicht einer Lehrerin am Jagdberg soll aufzeigen, wie anspruchsvoll die Anforderungen an die Person als Ganzes in der pädagogischen Arbeit sind. Der Schlüssel liegt im Selbst und in der Vernetzung mit Partnern. Im Mittelpunkt der Bemühungen steht ressourcenorientiertes Arbeiten mit den Kindern unter Berücksichtigung der Biografie. Das Erfassen der gesamten Person und das Bekenntnis zu besonderer Förderung und Forderung sind zentrale Aspekte im anspruchsvollen Feld der Pädagogik. Niemals soll der junge Mensch allein auf sein Verhalten reduziert werden.

Das springende Pferd ist ein Versuch, den historisch leider begründeten Vorurteilen gegenüber unserer Einrichtung ein aktuelles und ergänzendes Einordnen zu ermöglichen. Ein Versuch, die Anmutung auszulösen, dass der Besuch der Sozialpädagogischen Schule eine Chance sein kann.

Vom Glück der fünf Minuten spricht die Autorin. Und so darf ich an dieser Stelle ebenfalls meiner Berührung Ausdruck verleihen, mich in der Mitte eines Teams engagierter und lernender Lehrpersonen zu spüren. Tag für Tag stellen sie durch ihre professionelle Arbeit sicher, dass die Kinder persönlich anknüpfende, vielfältige und handlungsorientierte Lernfelder und Lernräume vorfinden und einen systemisch gewaltfreien Lebensraum erfahren können.

Gerd Bernard, Direktor

Inhalt

Ich verzichte im Sinne einer besseren Lesbarkeit auf die durchgängige Verwendung von weiblichen plus männlichen Nomen.

Der Jagdberg – eine Atmosphäre

Beim Hinauffahren auf den Jagdberg zeichnet sich meist der Tag ab. Irgendwie kann man am Morgen schon das Kommende erahnen – denn auf eine bestimmte Weise ist das Licht entsprechend so oder so. Das weiche Gras und die Tanne, die sich wiegt im Wind, können dir letztlich nicht helfen, und die Marmorskulptur *Der Bote* kann dich nicht beschützen. Aber sie sind da, jeden Tag sind sie da und begrüßen dich mit ihrer Weisheit und Freundlichkeit.

Als junge Lehrerin hat mir einmal ein Schuldirektor erzählt, dass er am Morgen schon weiß, ob es ein Scheißtag wird. »Immer dann, wenn die Ampel auf Rot steht, dann wird es ein Scheißtag«, hat er gesagt. Das ist aber ziemlich oft, habe ich damals gedacht und dass ich als Lehrerin nie so enden möchte, so unglücklich. Aus diesem Grund habe ich auch den Weg hierher an die Schule am Jagdberg eingeschlagen, weil ich das Gefühl hatte, hier könnte noch etwas sein, das mich interessiert, hier könnte ich eine wichtige Erfahrung machen, die mir noch fehlt.

Doch am Jagdberg gibt es nicht Rot oder Gelb oder Grün wie bei der besagten Ampel, es gibt Nuancen und Zwischentöne; und immer ist der Wechsel vom Tal hinauf zum Berg ein anderer und dabei auch ein Ritual und gleichbleibend. Aber Genaues kann man nie sagen, die Dinge können sich hier ganz schnell ändern. Das ist so wie bei der Föhnlage in den Alpen, an der die Wettervorhersage regelmäßig scheitert. Vielleicht hängt diese Unvorhersagbarkeit damit zusammen, dass in der Sozialpädagogischen Schule und im Internat sozial und emotional benachteiligte Kinder und Jugendliche betreut werden. Stimmungswechsel binnen Sekunden?

Wahrscheinlich ist die Ursache dafür, dass ich hier immer mehrere Welten parallel wahrnehme, eine andere. Ich glaube, es ist die Geschichte dieses Ortes, die man überall spürt, die alte und die neue Geschichte, die auch in den Gebäudeteilen sichtbar wird.

Vom Tal fährt man entlang der Wiesen ein paar langgezogene Kurven herauf auf den Jagdberg und plötzlich eröffnet sich dem Ankommenden dieser besondere Kosmos. Das alte Schulhaus steht gleich einem rötlichen Block quer zum Hang. Seine zahlreichen Fenster verleihen ihm eine gewisse Leichtigkeit und auf die Fassade des Gebäudes wurde von Schülern ein buntes Bild aufgemalt, das die Menschen begrüßt. Kinder sind darauf abgebildet, ein gelbes Haus und Schmetterlinge. Darunter stehen die Worte *Der Klang des Neubeginns …*

Es gibt eine sehr schöne Anekdote über die Entstehung dieses Satzes, die mir Direktor Laurent erzählt hat. Dabei war in seiner Stimme noch immer zu spüren, wie sehr ihn die damalige Situation berührte. Seit Wochen schon waren er, der ganze Lehrkörper und externe Fachleute auf der Suche nach den passenden Worten. Sie suchten nach einem Spruch für dieses Wandbild, nach etwas, das Hoffnung verbreiten konnte und eine Atmosphäre des Wohlfühlens spürbar machte. Doch die zündende Idee ließ auf sich warten. Eines Tages wurde Direktor Laurent von einer Klasse zum Mittagessen eingeladen. Er setzte sich an den Tisch, da kam ihm das Fassadenbild wieder in den Sinn, für das noch immer keine Worte gefunden waren. So wandte er sich an die Kinder und fragte sie, was man denn schreiben könnte. Was könnte das sein, das Mutmachende, das Freudvolle? Er versuchte angestrengt, diese Atmosphäre zu umschreiben, sich verständlich zu machen, als Folgendes geschah:

Ein Mädchen, das als introvertiert beschrieben werden könnte, hob während des Essens der Suppe ein wenig den Kopf, ein paar Zentimeter nur. Sie hielt für einen Augenblick inne und sagte mit ruhiger Stimme: *Der Klang des Neubeginns.* Dann aß sie ihre Suppe weiter. *Der Klang des Neubeginns* – Laurent und auch die anderen am Tisch wurden für eine Sekunde lang einfach still. Alle hatten diesen Satz im Ohr, oder besser gesagt diesen Klang, der in ihnen nachhallte wie ein Glockenschlag. *Der Klang des Neubeginns,* das war die Lösung, einfach so, zwischen dem einen Löffel Suppe und dem nächsten. Zen ist das, wenn ihr mich fragt.

Im Kontrast zu diesem fröhlichen Wandbild ragt im ansteigenden Gelände hinter dem alten Schulhaus der massive quaderförmige Turm des Haupthauses in den Himmel. Auch vom Tal aus ist er weithin sichtbar. Er ist das Zentrum des zweiten Gebäudekomplexes, bei dem sich Neues und Altes auf den ersten Blick hin unterscheiden lassen. Der Turm gehört zu den Teilen des Areals, die mir mit ihrer Geschichte schwer auf die Schultern drücken. Auch andere Räume erzählen manchmal davon, so der Keller mit den verzweigten Gängen, die Großküche und die ehemalige Kapelle. Ihre Präsenz wirkt in stillen Minuten noch immer dunkel und bedrückend auf mich.

Es ist dennoch deutlich spürbar, dass immer weitere Teile dieser unliebsamen Anmutungen verschwinden, und zwar aufgrund der Bemühungen von ein paar Menschen hier am Jagdberg. Unzählige Veränderungen haben dank Laurent und seinem Team Platz gegriffen. So erzählte mir meine Kollegin Margrit, dass es vor zehn Jahren hier noch ganz anders ausgesehen habe. Weite Bereiche verbreiteten das Gefühl einer grauen Trostlosigkeit. Langweiliger Rasen und lieblose Asphaltflächen prägten das Bild, wo jetzt ein roter Volleyballplatz und magentafarbene Sitzinseln zum Verweilen einladen. Statt der Mauern füllen nunmehr weite Glasfenster die Arkaden des neuen Schulhauses. Und wenn man heute in das Gebäude hereinkommt, befindet man sich in einem transparenten Lichtraum mit großen Pflanzen. Früher lebten die Kinder in Räumen des Haupthauses, die jetzt aufgrund der zahlreichen baulichen Veränderungen nicht mehr genau auszumachen sind. Nun wohnen die Schüler in den gelben Wohngruppenhäusern, die gleich einem Bogen das gesamte Ensemble zum Tal hin begrenzen.

Selbst in dieser kurzen Zeit von acht Monaten, die ich hier am Jagdberg unterrichte, lassen sich da und dort Neuerungen ausmachen. Die bunten Blumenkreise im Rasen sind das jüngste Kind. Sie sind noch zart, die Pflanzen erst ein wenig angewurzelt und die Narben hin zum Boden noch nicht zugewachsen. Das schöne Glashaus ist nicht mehr wegzudenken. Das Glashaus steht da, als ein kristallines Zeichen für einen neuen pädagogischen Weg, und die jungen Ginkgobäume mit den Blätterherzen, die eines Tages die Spaziergänger beschatten werden und sie hinaufbegleiten zur Schule und zur Ruine am Jagdberg, spiegeln sich in den Glasflächen. Wunderbar wuchern die Pflanzen um das neue und das alte Schulhaus. Goldgelbe Primeln und bläuliche Puschkinien besiedeln die Beete, und an den schattigen Stellen rollen die Farne ihre Blätter aus. Das Bild der weißen Narzissen unter der Wäscheleine ist reine Poesie. Zart sind sie und herrlich und nicht ohne Wirkung auf die Menschen. Das können nicht nur meine Kolleginnen Elke und Johanna bezeugen, die sich vorrangig um die Gartenwerkstatt *Grünwerk* kümmern und bei deren Namen ich stets die Flora vor Augen habe. Ich denke nämlich immer *Nelke* bei Elke und an das *Johanniskraut* bei Johanna. Auch die rote Katze, die niemandem gehört, streicht gerne zwischen den Stängeln hindurch und springt dann auf die warme Steinmauer. Sie lässt sich streicheln und von den Kindern herumtragen, um dann wieder im nahen Wald zu verschwinden.

Der Wald und die Ruine am Hang über der Schule sind am längsten hier. Im Unterricht haben wir eine Sage über diesen Ort gelesen. Sie ist sehr kurz und sehr schlicht. Sie erzählt von einem Mädchen, das bei der Ruine Jagdberg bunte Blätter am Boden gefunden hat. Wunderbares Rot und Gelb, das in der Sonne glänzte. Das Mädchen hat diese Blätter in ein Tuch eingepackt und das Bündel zu ihrer Mutter nach Hause getragen. Zu Hause haben sich die Blätter dann in pures Gold verwandelt. Als die Mutter und das Mädchen jedoch erneut zur Ruine Jagdberg hinaufstiegen, um noch mehr von diesem Schatz einzusammeln, war der Zauber erloschen und die Blätter alle vermodert und zerfallen. Eigentlich ist das eine sehr harmlose Sage im Vergleich zu vielen anderen. Es ist einfach nichts mehr da am Schluss, nur eine Handvoll Erde. Unspektakulär nimmt sie sich aus, angesichts der realen Geschichte des Jagdbergs.

So nahe beieinander liegen hier also das Leichte und das Schwere, das Dunkel und die Transparenz. Und immer wieder frage ich mich, was ich in dieser Atmosphäre hier suche, nach so vielen Jahren in der Regelschule? Was treibt mich Tag für Tag hier herauf? Auch ein Klang des Neubeginns? Irgendetwas in diese Richtung muss es wohl sein. Ich glaube, darüber sollte ich noch in die Tiefe nachdenken. Was ich auf jeden Fall spüre – diese Umgebung hat mich verändert hat im Laufe dieses Schuljahres und sie verändert mich weiter. Der Erfahrungsschatz wächst.

Die Enttäuschung

An den Tag, der letztlich dazu geführt hat, dass ich begonnen habe meine Erlebnisse aufzuschreiben, kann ich mich noch sehr gut erinnern. Er steckt mir quasi immer noch in den Knochen, wenngleich mich das Nachdenken über diese vergangenen Monate am Jagdberg innerlich weitergebracht hat und die schwierigen Emotionen heute gut gelagert sind. Dazu habe ich das Schreiben immer gebraucht, um zu verstehen, was im Grunde genommen passiert. Im Schreiben ordnen sich die Gedanken und im Schreiben wird aus den Teilen vielleicht ein Bild.

An dem besagten Morgen war anfänglich alles noch gut. Das gemeinsame Ankommen in der Schule gestaltete sich so wie immer, und auch der Vormittag verlief durchaus erfreulich. Ich war die letzten vier Stunden im Atelier – unter anderem mit Lucca, einem Schüler aus meiner Klasse. Dass es dann genau Lucca war, ausgerechnet er, mein Primärschüler, einer aus meinem nächsten Umfeld, der mir kurze Zeit später diesen emotionalen Tiefschlag verpasste, das war wohl die größte Enttäuschung. Wo waren sie in diesem Moment, die gemeinsamen Erlebnisse der letzten Monate? Wo das gemeinsame Ringen um ein Bild und das Lachen? Das habe ich mich damals gefragt, und das hat mich sehr lange beschäftigt.

Was noch dazukam, war, dass alles quasi ohne Vorwarnung und aus heiterem Himmel auf mich niederbrach. Es gab keine Spur eines Erahnens am Morgen, nicht einmal eine Ampel, die auf Rot stand.

Was war passiert?

Nach dem Unterricht im Atelier, ich weiß noch, dass er damals die Prinzessin *Peach* gemalt hatte, nach dieser gemeinsamen Zeit sollte Lucca hinüber ins Internat wechseln. Er hatte noch einen Zahnarzttermin. So verließ er mit einem der Volksschüler das Schulhaus. Etwas später stellte ich fest, dass er sein Infoheft vergessen hatte. Mit diesem Infoheft in der Hand spazierte ich zur Eingangstüre seiner Wohngruppe. Ich läutete, Lucca machte auf. Ich hielt ihm das Heft entgegen, zum Sprechen kam ich dann nicht mehr. Lucca schaute mich an, als ob er mich noch nie gesehen hätte, als ob ein anderer vorhin bei mir im Atelier gewesen wäre. Er rief mir ins Gesicht: »Du kascht grad warta, bis d'fruschtig bischt!« Im Hintergrund sah ich Thomas, den Neuen aus der Klasse von Johanna und den Volksschüler am Treppengeländer lehnen. Sie konnten die ganze Szene beobachten und schließlich begann der Kleine, mit Bausteinen nach mir zu werfen. Alle lachten, auch Lucca.

Ich sagte aufgewühlt und wütend: »Stopp jetzt!«, legte das Infoheft auf den Schuhkasten und verließ mit schnellem Schritt das Haus. Im Gehen überlegte ich mir, ob ich nicht sofort umkehren sollte. »So lasse ich das sicher nicht stehen!«, rauschte es mir durch den Kopf – oder sollte ich die Angelegenheit besser später mit dem Teamleiter besprechen? Ich beschloss dann, letzteres zu tun, denn zurück zu den Buben wollte ich nicht noch einmal in diesem Moment. Aber die Sache war noch nicht ausgestanden.

Beim Rückweg zum neuen Schulhaus hörte ich es dann nochmals hinter mir, und das war eigentlich der Deckel auf der ganzen Geschichte: »Du kascht grad warta, bis d'fruschtig bischt!« Innerlich war das kaum auszuhalten, es hatte mich verletzt. Zwei Kinder – Lucca der Zwölfjährige und ein achtjähriger Volksschüler – Kinder, die du gut kennst, die du jeden Tag siehst, verwandelten sich ohne sichtbaren Anlass in eine Straßengang, die buchstäblich nur eines im Kopf hatte, nämlich dich zu treffen. Dazu noch vor einem Zuschauer, der noch nicht einmal eine Woche an unserer Schule war. Aber was hatten sie eigentlich gerufen? Obwohl ich jedes Wort verstanden hatte, war mir dieser Spruch doch neu.

Ich war vollkommen irritiert. Eines war ihnen gelungen in diesem Moment: ein emotionaler Volltreffer.

Tief getroffen ging ich ins alte Schulhaus zu meiner Klasse. Als ich in den Raum eintrat, sah mir Margrit nur kurz in die Augen. Sie wusste auch ohne Worte sofort, was los war, denn wir standen jeden Tag gemeinsam im Unterricht. Wir kannten uns. Margrit meinte gut hörbar vor den Schülern: »Du wolltest doch noch etwas kopieren!« Kopieren, das hatte ich verstanden, denn das hatten wir schon einmal. *Kopieren* heißt nämlich: *Ich glaube, du solltest eine Pause einlegen, einen Kaffee trinken gehen, dir etwas Gutes tun, und versuchen, innerlich wieder herunterzukommen.* Die Botschaft an mich war klar. Meine Kollegin Margrit schickte mich aus der Klasse, denn sie merkte meinem Gesicht an, dass ich innerlich bebte. Und wenn man innerlich bebt, dann ist man nicht ganz bei sich. So kannst du nicht unterrichten, nur halb präsent. So ging ich hinüber ins Lehrerzimmer.

Der Raum war angenehm, dank der liebevollen Betreuung durch Elke. Sie kümmerte sich im Wandel der Jahreszeiten stets um den Schmuck im neuen Schulhaus und um eine wohltuende Atmosphäre im Lehrerzimmer. Elke hatte frische Blumen auf den Tisch gestellt, eine große Vase voller Frühlingsgefühle. Die Obstschale daneben war gefüllt. Dieses Ambiente hat schon vieles aufgefangen im Laufe dieses ersten Jahres am Jagdberg, Schweres und Leichtes. An diesem schwierigen Tag empfand ich die liebevolle Umgebung als eine besondere Wohltat, obwohl die Gedanken in meinem Kopf noch kreisten wie wilde Hummeln.

Warum habe ich an diesen Ort gewechselt? Warum habe ich diesen Weg gewählt, wo es doch einfachere gibt? Warum diese Kinder mit ihren Verletzungen und mit ihren Anforderungen an mich? So viele Fragen. Sozialromantik ist es sicher keine mehr, nach fast dreißig Jahren im Schuldienst.

In erster Linie war dieser Schritt an den Jagdberg wohl ein Zurück an die Basis, ein Zurück zu den Kindern und in eine Klasse. Er hat mir also doch gefehlt, der direkte Kontakt zu den Schülern? Jetzt hatte ich ihn und hätte ihn in diesem Moment gerne gegen die Schreibtischarbeit in der Diagnostik eingetauscht. Aber der Weg zurück stand mir ja offen. Ich könnte wieder Schulleistungstests mit Kindern durchführen, mit Eltern sprechen, Gutachten schreiben und die Frage *Sonderpädagogischer Förderbedarf ja oder nein* beantworten. Wollte ich das wirklich? Nein, das wollte ich doch nicht.

Am liebsten wollte ich an dem Tag einfach weg von den Menschen mit ihrer Daueranforderung an die Person. Schon früher hatte ich manchmal die Fantasie, dass es das Schönste wäre, eine Geigenbauerin zu sein. Ich sah mich in einer ruhigen Werkstatt sitzen, umgeben von im Vollmond geschlagenem Holz. Wenn ich wollte, dann würde ich das Radio leise anstellen, oder eben nicht. Und ich würde ruhig und im Einklang mit dem Atem arbeiten, Stunde um Stunde. Schönheit und Sinn würden einfach so wachsen, durch das Tun der eigenen Hände. Schönheit und Sinn: fand ich das nicht auch hier am Jagdberg?

In diesem Moment des Sinnierens kam Direktor Laurent in den Raum und fragte nach, was los sei. Wahrscheinlich hatte er sofort bemerkt, dass ich innerlich aufgekratzt war und verletzt. Dafür hat er einen Spürsinn wie ein Tier. Mittlerweile weiß ich auch, dass ich meine Befindlichkeiten nicht verstecken muss, sondern auf ihn und die Kollegenschaft zählen kann. Das ist wohl auch eine Besonderheit dieses Ortes. Ursprünglich war das nämlich eine Hürde für mich, mit fünfzig Jahren noch das Sprechen über die eigenen Befindlichkeiten in der Schule zu erlernen, denn wir Lehrerinnen und Lehrer sind sozialisiert als Einzelkämpfer. Entweder waren wir das schon von Grund auf, oder wir sind zu Einzelkämpfern geworden im Laufe der Jahre. Wir stehen alleine in der Klasse und wollen uns nicht anmerken lassen, wenn Situationen uns überfordern. »Lehrer neigen dazu, Schwermetall anzureichern«, sagt Laurent des Öfteren. »Anstatt sich selbst zu spüren und zu reden und sich Unterstützung zu holen, stehen sie in der Klasse und auf dem Pausenhof und im Lehrerzimmer und reichern Schwermetall an, bis sie krank werden.«

Erschwerend kommt dazu, dass Solidarität unter Lehrpersonen tatsächlich in vielen Schulen rar ist. In der Vergangenheit habe ich mehrfach Kommentare wie den folgenden gehört, wenn ein Kollege über große Probleme klagte: »Komisch – bei mir macht der Schüler das nicht.« Das war alles. Du bist also einfach ein schlechter Lehrer, das ist dann wohl die Botschaft. In diesem Moment haben wir Lehrpersonen alle zusammen schon verloren.

Das Schöne hier am Jagdberg ist, jemand schickt dich in einem schwierigen Moment kopieren und jemand fragt nach, wie es dir geht. Ich ging also mit Laurent ins Büro und erzählte ihm mein Erlebnis mit Lucca und den beiden anderen. Der schmerzhafteste Punkt an der Sache war diese Enttäuschung. Ich hatte nämlich immer das Gefühl, dass ich zu Lucca eine besonders nahe Beziehung aufgebaut hatte. Umso mehr verletzte mich diese Beschimpfung.

Zudem habe ich mich selbst ein Leben lang in gewisser Weise als Jagdbergkind gefühlt. Ich glaubte mich den Kindern nahe und hatte den Eindruck, dass ich sie grundsätzlich gut verstehen konnte. »Womöglich kommt das daher, dass ich in sogenannten einfachen Verhältnissen aufgewachsen bin und weiß, was Benachteiligung heißt. Ein braves Mädchen war ich auch nicht, auf jeden Fall so widerständig, dass mir selbst öfters der Jagdberg angedroht wurde«, erklärte ich Laurent.

Der hörte sich meine Schilderungen an und meinte dann: »So ist er, der Jagdberg. Die meisten Kinder hier kennen keine Beständigkeit und keine Sicherheit, und wir können ihnen nur immer wieder zeigen, dass wir sie trotzdem mögen. Wir ermöglichen ihnen damit etwas, das sie bisher nicht kennen gelernt haben. Wir geben ihnen die Erfahrung, dass sie als Mensch gemocht werden, auch wenn sie in ihrem Verhalten manchmal schwer auszuhalten sind.«

Da war es wieder, das Bild, das so wichtig ist an diesem Ort, oder eigentlich überall im Leben. Dieses Bild erklärte im Grunde genommen eine sehr komplexe Geschichte auf eine eindrücklich einfache Weise. Ich saß Laurent gegenüber und er hielt meine beiden Hände. »Die rechte Hand, das ist die Beziehungshand, die darfst du nicht loslassen«, meinte er. »Du brauchst das Vertrauen, dass dich diese Hand hält. Wenn das klar ist, dann kannst du mit der linken Hand streiten, loslassen, Fehler machen. Das alles geht, weil du das Grundvertrauen hast, dass dir auf der Beziehungsebene nichts passieren kann. Wir brauchen die Sicherheit, dass die Beziehung nie in Frage gestellt wird. Das gilt für uns Lehrpersonen, aber auch für den Kontakt mit den Kindern. Übrigens kann man diese Übung auch wunderbar mit Schülern durchführen. Sie verstehen sofort, was gemeint ist.«

Lucca hat seine Biografie und seine Prägungen, das ist einfach so und davon musste ich ausgehen. Ein Freund hatte mir einmal ein treffendes Bild für unsere Möglichkeiten geliefert: »Wir können nur Geröll wegräumen, sodass die Person selbst Licht sieht, und sich dorthin weiterentwickeln will.« Der war aber Psychotherapeut, ich bin es nicht. Ich bin eine Lehrerin, mehr nicht, aber weniger auch nicht. »Wir reparieren keine Kinder«, hat Laurent einmal gegenüber einem Zeitungsmenschen erklärt. »Wir stellen einen Rahmen zur Verfügung, der hilfreich sein kann. Mehr können wir nicht tun.«

Ich fühlte mich nach dem Gespräch mit Laurent zunehmend wieder wohler in meiner Haut, obwohl ich spürte, dass mich dieses *Du kascht grad warta, bis d'fruschtig bischt!* noch länger verfolgen würde. Irgendwie traf mich dieser Satz mehr, als ich zugeben wollte, besonders das Wort *Frust – frustriert.* Nun konnte man noch weiterdenken, *alt und frustriert* – shit!

Ein Wortspiel von Laurent blieb mir stark in Erinnerung, und zwar im Zusammenhang mit der *Ent-Täuschung.* Laurent meinte, dass es auch etwas Gutes habe, wenn man *ent-täuscht* werde.

Die Täuschung falle dann weg, und man habe somit einen klareren Blick auf die Kinder.

»Wir bringen ja immer unsere eigene Geschichte mit in die Beziehungen hinein, und somit auch unsere Erfahrungswelt und unsere Vorstellungen. Wir konstruieren uns die eigene Realität und glauben dann, dass dies auch die Realität der Schüler sei. Aber das stimmt so nicht. Das ist eine Täuschung«, sagte Laurent. »Du hast wahrscheinlich geglaubt, dass Lucca eine stabile Beziehung zu dir aufgebaut hat. Das war eine Täuschung; jetzt ist diese Täuschung weggefallen.«

»Sagt dir die Bindungstheorie etwas?«, fragte er weiter. »Bindungstheorie? – Ja, so eine gewisse Ahnung habe ich davon«, antwortete ich. Seltsam, dass mir bisher noch nie in den Sinn gekommen ist, dieses theoretische Wissen auch mit der Praxis zu verbinden. Du lernst in deiner Ausbildung etwas auf dem Papier, und dann fehlt dir die Brücke zur Anwendung. Du tust und machst und reagierst, anstatt Hypothesen aufzustellen und zu agieren.

Laurent zog drei Bücher aus seinem Regal. Er meinte, dass ich darin vielleicht auch Antworten in Bezug auf das wechselnde Verhalten von Kindern wie Lucca finden könnte.

»Vielleicht halten sie deine Zuwendung gar nicht aus«, sagte Laurent. »Und das hat zunächst gar nichts mit dir zu tun, sondern mit den frühen Bindungserfahrungen der Kinder.«

Bindungstheorie also. Ich nahm die Bücher mit nach Hause.

Laurent schien mir auf alles irgendwie vorbereitet. Ich hatte den Eindruck, nach zehn Jahren Aufbauarbeit am Jagdberg überraschte ihn hier kaum mehr etwas. Auch bei uns Lehrpersonen bewies er in schwierigen Situationen oft eine Art Hellsichtigkeit. Seine Aussagen trafen meist ins Schwarze und oft lag der Schlüssel zur Lösung in der eigenen Biografie.

Am Abend fuhren wir die beiden langgezogenen Kurven den Berg hinunter. Nach dem Föhn kam der Regen, der den Kopf wieder klar machte, aber auch das Dunkelgrün an einen Punkt trieb, an dem es ausweglos wirkte wie ein Tannenwald. Die Fünfzigerbeschränkung erzeugte in mir ein Gefühl, als wäre ich an diesem Ort festgeklebt. Dann kam die Autobahnauffahrt in Richtung Bregenz. Die Scheibenwischer störten den Herzschlag mit ihrem allzu schnellen Takt. Wir fuhren wieder zu viert als Fahrgemeinschaft nach Hause. Laurent wollte wissen, wie es mir nun gefühlsmäßig ging und ob ich etwas mit dem Internat vereinbart hatte?

»Ich habe mit den Sozialpädagogen besprochen, dass ich Lucca morgen im Internat abhole und wir dann zuerst einmal ein Gespräch führen. Zudem möchte ich noch mit dem Teamleiter zusammensitzen.« »Vergiss auch die anderen beiden Schüler nicht«, mahnte Laurent. »Ihre Rollen müssen wir uns ebenfalls genauer ansehen.«

Stille. Doch ein Satz ging mir nicht aus dem Sinn. »Viele halten deine Zuwendung gar nicht aus!« Das war es doch, was Laurent gesagt hatte? Was für eine seltsame Aussage. Meinte er damit nur die Kinder oder auch Erwachsene? Hatte er sich vielleicht bewusst so kryptisch ausgedrückt? Das glaubte ich eigentlich nicht. Doch ich spürte, was Laurents Satz bewirkte: Meine Gedanken wanderten unaufhaltsam zu meinem Freund Wolfgang, von dem ich zu der Zeit nicht einmal wusste, wo er sich genau aufhielt. »Viele halten deine Zuwendung gar nicht aus.« Hatte das doch etwas mit mir und Wolfgang zu tun?

Zu Hause angekommen, legte ich mich eine halbe Stunde auf die Couch. Dann schaltete ich noch den Computer ein, um die täglichen E-Mails zu checken, die privaten und die beruflichen. Zuerst die beruflichen, dabei fand ich ein paar wohltuende Zeilen von meiner Teamkollegin Margrit. Sie kannte die Betroffenheit nach einer schwierigen Situation aus eigener Erfahrung. Sie schrieb, dass wir uns derartigem Verhalten entgegenstellen werden. »Genau das werden wir tun, uns dem Unrecht entgegenstellen, es nicht tolerieren und es nicht aushalten.« »Wir müssen gar nichts aushalten«, sagte Margrit. »Wir haben alle ein Recht darauf, anständig behandelt zu werden, Kinder wie Erwachsene.« Margrit machte mir Mut und wieder einmal spürte ich, wie wohltuend ihre sichere Art auf mich wirkte. Der Vorfall fühlte sich bereits nicht mehr so bedrohlich an wie noch vor ein paar Stunden. Wir werden das gemeinsam lösen, dachte ich.

Dennoch ließen sich an diesem Abend die Gedanken an den Jagdberg nicht so schnell abschalten, nicht beim Fernsehen und erst recht nicht beim Ordnen der Schulsachen für den nächsten Tag. Wie konnte ich den Buben in Zukunft adäquat begegnen? Hatte ich noch immer Lust, am Jagdberg zu bleiben? Vielleicht vermischte ich im Moment auch berufliche und private Befindlichkeiten. Die Entfernung von Wolfgang, mein emotionales Tief, und dass er nicht greifbar war im Moment, das hatte ja im Grunde genommen nichts mit dem Jagdberg zu tun, oder? Doch meine Gefühle ließen sich nicht teilen.

Unter den privaten E-Mails fand ich keine Zeile von Wolfgang, obwohl ich das insgeheim gehofft hatte. Sollte ich ihm schreiben? Sollte ich ihm den Satz von Laurent zuschicken und sagen, dass er womöglich zu denen gehört, die meine Liebe nicht aushalten? Sollte ich ihn fragen, ob das so sei?

Was ich brauchte, war Zeit, um nachzudenken. Ich brauchte wieder klare Gedanken. Wie war es wirklich, dieses letzte Schuljahr? Besonders wenn ich an Lucca dachte. Gab es neben diesem verbalen Übergriff nicht so unzählig viele berührende Geschichten? Habe ich nicht vor kurzem noch zu Margrit gesagt, dass ich eines so wunderschön finde hier am Jagdberg – dieses intensive *Glück der fünf Minuten.* Das hatte ich gesagt, doch!

Das Glück der fünf Minuten ist etwas ganz Besonderes, etwas, das ich erst hier am Jagdberg kennengelernt habe. Johanna hat diesen Ausdruck geprägt und erst nach einiger Zeit konnte ich begreifen, was es mit diesem Glück auf sich hat. Normalerweise gibt es in jeder Klasse Zeiten, die Schüler wie Lehrpersonen als angenehm empfinden, Zeiten, in denen man ein gewisses Wohlgefühl im Raum wahrnehmen kann. Und normalerweise dauern diese Phasen auch längere Zeit an, wie mir unser Zivildiener Alexander aus eigener Schulerfahrung bestätigt hat. Hier am Jagdberg ist das anders. Das Glück ist ein seltener Schatz. Meist ist es nur von kurzer Dauer, doch umso intensiver und berührender sind diese wundervollen Augenblicke. Wenn das *Glück der fünf Minuten* am Jagdberg einkehrt, dann taucht es alles in ein strahlendes Licht.

Ich konnte mich an derartige Momente erinnern, wenngleich ich mich an diesem Abend auf der kalten Seite des Mondes wähnte. Lucca? Und die Sache mit Wolfgang? Alles kreiste in meinem Kopf und obwohl ich todmüde war, konnte ich für Stunden nicht einschlafen.

Der Klang des Neubeginns

Am darauffolgenden Morgen zeigte sich der Berg von seiner frühlingshaft freundlichen Seite. Aus den wenigen Fahrzeugen, die in der Früh die enge Straße herunterkamen, grüßten entspannt wirkende Menschen. Drei Kinder aus unserer Schule stiegen nebeneinander den steilen Weg zum Jagdberg hinauf und unterhielten sich. Sie wirkten unbelastet und glücklich in diesem Moment. Sie reisten an diesem Tag von zu Hause an. Ein Mädchen aus Johannas Klasse und Jimmy, weil er am Vorabend Pfadfinderstunde hatte. Der dritte, Matthias, war Mitglied der Freiwilligen Feuerwehr. Er hatte in den letzten zwei Jahren noch keine einzige Probe verpasst. Die Kinder winkten uns zu.

Oben angekommen waren die Türen der Wohngruppen noch geschlossen und kein Mensch war zu sehen. Das war auch gut so, denn es war ja ausgemacht, dass ich Lucca persönlich abholen würde.

Vor dem alten Schulhaus kugelte Nero im Gras herum. Nero war ein junger Labradorrüde und gehörte einem der Sozialpädagogen. Er zerzauste lustvoll eine Narzissenpflanze samt Blumentopf, die eigentlich den Eingang des Hauses zieren sollte. Wie einen Hasen beutelte er das Pflänzchen hin und her und Erde und Knollen flogen durch die Luft. Die Beete standen in voller Blüte und das Internat strahlte hell und freundlich in der Sonne. Einige Fenster, so rund wie die Bullaugen eines Schiffes, waren geöffnet, und es roch nach frischer Wäsche.

Doch allzu lange konnten meine Gedanken nicht über die Rabatten schweifen, denn die ersten Schüler spazierten bereits in kleinen Gruppen vom Internat herüber zur Schule. Es gibt einen

Zeitraum von zehn Minuten, in dem sie in der Klasse ankommen können. Dieses gleitende Ankommen haben wir erst kürzlich festgelegt und es hat sich sehr schnell bewährt. Dadurch lassen sich geballte Personenansammlungen vor einer geschlossenen Schultüre vermeiden und damit auch Reibungspunkte verringern. Die Kinder genießen diesen neuen Freiraum und nutzen ihn für Gespräche auf dem Weg in die Klasse. Es ist zudem auffallend, dass viele Schüler nun deutlich früher zur Schule kommen als vorgeschrieben. So war Margrit auch an diesem Tag bereits in der alten Schule und empfing die Ankommenden.

Ich als Klassenleiterin traf mich vor dem Schulhaus wie gewohnt mit den Erziehern aus dem Internat. So konnten wir gleich in der Früh besondere Situationen, Grundstimmungen, Termine und Allfälliges besprechen und waren somit besser auf den Tag vorbereitet. Die offizielle Bezeichnung für die Erzieher wäre eigentlich *Sozialpädagoge*, aber die Kinder und auch wir Lehrpersonen sprechen fast immer von Erziehern. Es würde auch etwas komisch klingen, würde einer sagen: »Ich gehe noch mit meinem Sozialpädagogen Fußball spielen«. Einige möchten auch lieber *Betreuer* genannt werden. Daher ist es am einfachsten für Lehrer und Kinder, die Sozialpädagogen mit Vornamen anzusprechen. Darin besteht auch der Unterschied zur Schule, die Schüler sind mit uns Lehrpersonen nämlich per *Sie*.

Die Sozialpädagogen sind in meinen Augen eine eigene Spezies, die ich sehr bewundere. Als besonders *physisch* möchte ich sie bezeichnen. Neben ihrer fachlichen Qualifikation sind sie nämlich allesamt Profis in aktiver Freizeitgestaltung. So sieht man den einen scheinbar mühelos am Morgen mit dem Mountainbike bei jedem Wetter die Strecke vom fünfzehn Kilometer entfernten Feldkirch her radeln. Eine andere wirft treffsicher Körbe auf dem Basketballplatz, und Falk mit dem Spitznamen *Jesus* ist sowieso der Überflieger, ein Rockfan mit eindrucksvollen Tätowierungen an Armen und Beinen. Meist ist er mit dem Motorrad unterwegs.

Die Schüler nennen ihn aufgrund seines Aussehens *Jesus* – auf Englisch natürlich. Und es ist tatsächlich so, dass der Jesus am Wegkreuz in Schlins mit seinen langen Haaren und der großen hageren Gestalt genauso aussieht wie Falk.

Falk berichtete mir, dass mit Lucca wegen dem Vorfall noch ein längeres Gespräch geführt worden war und mit den anderen beiden ebenfalls. Lucca konnte die Inhalte gut verstehen und annehmen. Er habe noch gefragt, ob er jetzt nicht mehr ins Atelier kommen dürfe, erzählte mir Falk. Es gibt also doch noch etwas im Atelier, das von Bedeutung für ihn ist, dachte ich. Ich war froh über diese Information, es schien mir nicht alles verloren.

Nach der morgendlichen Besprechung holte ich Lucca im Internat ab und reichte ihm wie immer zur Begrüßung die Hand. »So du, jetzt gefällst du mir aber wieder viel besser, Lucca«, sagte ich zu ihm. Er schaute etwas verlegen drein und meinte dann: »Guten Morgen, Frau Simma.« Dabei klang er so unaufgesetzt höflich, dass ich richtiggehend erleichtert war. Die ganze Situation lastete nämlich auch auf mir, das spürte ich deutlich. Lucca trabte dann ohne viele Worte neben mir her in Richtung altes Schulhaus. Meine Kollegin Margrit war bereits dort und ein paar Schüler am Eintrudeln. Sie verstauten ihre Mützen unter den Schulbänken, denn die Kappen sind ihnen *heilig* und daher möchte sie auch keiner an der Garderobe zurücklassen. Auf dem Kopf lassen geht auch nicht, das ist so eine Regel bei uns.

Lucca wusste genau, dass er noch eine Angelegenheit mit mir offen hatte. So war er auch keineswegs verwundert, als ich ihm die Türe zum Musikzimmer öffnete und ihn bat, vorerst dort Platz zu nehmen. Der Raum war frei und bot sich an für ein klärendes Gespräch. Das, was er gemacht hatte, war nicht in Ordnung, aber die Beziehungshand sollte dennoch halten. Das war die Botschaft, die ich Lucca mit dem entsprechenden Ernst vermitteln wollte. Was mich dann aber doch innerlich zum Schmunzeln brachte, trotz der Absicht, die Ernsthaftigkeit dieser verbalen Entgleisung zu betonen, war die Erklärung, die mir Lucca in Sachen *Du kascht grad warta, bis d'fruschtig bischt!* abgab.

Lucca erklärte mir, dass dieser Spruch aus der Schweizer Fernsehserie *Pingu* käme. Der Pingu habe diesen Satz gesagt und er habe das einfach nachgesagt, weil es so lustig war, meinte er. »Bei mir ist es aber überhaupt nicht lustig angekommen, sondern als eine Beschimpfung. Eigentlich hast du gewusst, dass so etwas nicht geht, Lucca. Da bin ich mir sicher«, sagte ich zu ihm. »Was dann der Kleine noch angestellt hat, diese Respektlosigkeit, das Werfen von Bauklötzen nach mir, das ist dann der Gipfel der Frechheit gewesen. Und wie sollen wir jetzt weitermachen?«, fragte ich ihn. Lucca schaute mich mit seinen dunkelbraunen Augen fragend an und murmelte leise: »Entschuldigung«. Dieses *Entschuldigung* kam so ehrlich daher, dass mein restlicher Ärger von einer Sekunde zur anderen beinahe verschwunden war. »Aber eine Wiedergutmachung wäre dennoch angebracht«, fand ich, und so sollte Lucca am Nachmittag ins Atelier kommen und mir helfen, aufzuräumen, Papierkörbe zu leeren und Ähnliches. Damit war der Junge einverstanden. Ich war erleichtert. Es fühlte sich an wie ein Neubeginn.

Das mit dem Konsequent-Sein ist übrigens so eine Sache. Zum einen, weil ich dies als Lehrerin zuerst selbst lernen musste, und zum anderen, weil ich es im Alleingang oft unglaublich schwer fand, Regeln einzufordern. Das ist auch eine der Stärken unserer Einrichtung. Hier fordert die Gemeinschaft die Regeln ein und nicht du allein als Einzelperson. Am Jagdberg wissen die Schüler, dass etwas folgt, wenn Regeln gebrochen werden, aber diese Folgen sind in keiner langen Schulordnung aufgelistet. Wir entscheiden über Konsequenzen je nach Situation. Man könnte also sagen: »Wir sind am Jagdberg in dieser Sache extrem ungerecht.« Das klingt zwar bedrohlich, es ist aber genau das Gegenteil davon. Es macht nämlich einen Unterschied, ob Regeln von jemandem wiederholt gebrochen werden, und vor allem vor welchem Hintergrund sie gebrochen werden, und das sollte seine Berücksichtigung finden. Johanna beschrieb mir gegenüber diese Grundhaltung mit den Worten von Viktor Frankl: »Wer zwei Menschen gleich behandelt, behandelt einen falsch«, zitierte sie.

Auf diese Weise ist es auch möglich, am Jagdberg mit einer absoluten Mini-Schulordnung auszukommen. Zudem ist diese nirgends ausgehängt. Manche Schulen stellen sich mit ihren umfassenden Schulordnungen auch nur selbst eine Falle, weil sie dann alles genauso einhalten und sanktionieren müssen, wie das geschrieben steht. Das macht alles extrem unflexibel und in meinen Augen auch unsinnig.

Nach einer Stunde im Musikzimmer wechselte ich mit Lucca hinüber in die Klasse. Er konnte sich nun die Kopfhörer und den CD-Player nehmen und das verpasste Kapitel aus dem Buch *Der kleine Prinz* gemütlich im Lesesessel anhören. Er verstand diese Geste auch ohne Erklärung: »Es ist alles wieder gut, Lucca!«

Manchmal sind es so simple Dinge, die uns menschlich zueinander bringen. Hier eine Frage: »Bist du müde, du siehst irgendwie erschöpft aus?«, dort ein Kompliment: »Hast du eine neue Frisur? Steht dir gut!« Ich glaube, es geht einfach darum, sich gegenseitig wahrzunehmen.

Auf jeden Fall konnten wir den ganzen Vormittag in der Klasse eine Art Harmonie spüren und erhalten. Es gab schon lange nicht mehr die Zäsuren einer Schulglocke und die Zeit durfte ungestört fließen. Das Tun konnte sich an den Menschen orientieren und nicht an einem Klingelzeichen. Michelle hatte ein neues Buch für sich gefunden und war darin vollkommen vertieft. Das durfte man nicht stören. Lucca begann nach dem *Kleinen Prinzen* mit seinen Rechtschreibportionen und anschließend wollte er Mathematik erledigen. Ich hatte echt das Gefühl, dass er sich besonders anstrengte, um sich heute von seiner besten Seite zu zeigen. Der Klang des Neubeginns. In den Klang des Neubeginns mischte sich der leise Klang des Klaviers. Eine Melodie drang durch den Türspalt herüber in die Klasse. Jemand übte das Lied von den wilden Pferden. Das Wohlgefühl breitete sich im Raum aus wie ein weicher Teppich. Und an diesem Tag empfand ich mehr als ein *Glück der fünf Minuten*.

Lucca erschien auch wie vereinbart am Nachmittag im Atelier, und gemeinsam trugen wir die großen Körbe mit Papiermüll zur Sammelstelle in den hintersten Teil des Geländes. Da entdeckte Lucca neben dem Glashaus zwei große Gruben in der Erde. Er fragte, wozu diese Löcher gegraben wurden? Ich wusste es. Die Löcher waren für das Fundament eines Rosenbogens. Ich erzählte Lucca, dass sich ein Mädchen unserer Schule nichts mehr gewünscht hatte als einen Rosenbogen im Garten. Nun sollte dieser Wunsch Wirklichkeit werden. Ich spürte, wie mich diese Geschichte innerlich berührte. Allein schon dieses Wort *Rosenbogen* versetzte mich in eine andere Welt. Es war eine Welt wie im Märchen, die Welt einer Prinzessin. Oder eine Geschichte, die auf einem englischen Landsitz spielt, die Geschichte einer adeligen Frau und ihres Gartens. Lucca kannte das Mädchen. Es war Sonja aus unserer Klasse, die sich diesen Bogen gewünscht hatte. Ich wusste schon lange, dass sie etwas Besonderes für ihn war. So verstieg ich mich zu der Aussage: »Sonja, unsere Rosenkönigin.« Und ich glaube, Lucca dachte in diesem Moment wohl: »Die spinnt ein bisschen.«

Ob er Sonjas Wunsch nach einem Rosenbogen persönlich etwas abgewinnen konnte? Es war wohl mehr meine Verzauberung, die hier eine Rolle spielte. Die Vorstellung verzauberte mich, dass sich eine Jagdbergschülerin so etwas wie einen Rosenbogen wünschte. Sie überschritt damit gewissermaßen ihre Grenzen und schlüpfte in eine neue Rolle. Lucca trug seine Papierkörbe mit mir an dieser Stelle mit den vorbereiteten Gruben vorbei. Ich freute mich schon auf die Blüten der Rosen.

An diesem Abend fühlte ich mich beschenkt und glücklich, und ich erwähnte den Rosenbogen in einer E-Mail an meinen Freund Wolfgang. Noch immer wusste ich nicht, wo er war, aber dass er seine E-Mails durchsehen würde, davon konnte ich zumindest ausgehen. Auch er hatte mir durch seine Musik und durch die Reisen wundervolle andere Welten eröffnet. Ihm habe ich New York und Paris zu verdanken und unendlich viele zauberhafte Geschichten.

Aber zurück zu Lucca. Wie konnte das sein? Wie konnte ich Lucca verstehen? Vor wenigen Tagen war alles bestens. Lucca begegnete mir als ein lieber und netter Junge. Dann kam dieser Schnitt, dieser Beziehungsabbruch. Und heute ging er wieder mit den Papierkörben neben mir her wie mein eigenes Kind?

Natürlich, mit Wolfgang gab es auch einen Schnitt, aber einen, den ich zumindest von seiner Perspektive aus nachvollziehen konnte. Eine neue Freundin, das ist nachvollziehbar. Aber das mit Lucca? Luccas Handlungsweise konnte ich nicht begreifen. Sein widersprüchliches Verhalten blieb mir ein Rätsel.

Womöglich hatte dieses Verhalten mit der Aussage von Laurent zu tun, mit dem Satz: »Manche halten deine Zuwendung gar nicht aus«, oder so ähnlich. Lucca, ein Junge, der die Beziehung zu mir nicht dauerhaft aushalten kann, sondern sie unterbrechen muss? Vielleicht würde ich in den Büchern, die mir Laurent mitgegeben hatte, mehr darüber erfahren, dachte ich. Das interessierte mich, beruflich und privat.

Über das Skript-Konzept und die Bindungstheorie

Die Bindungstheorie wurde erstmals von dem Psychiater und Psychoanalytiker John Bowlby in den 1960er-Jahren formuliert. Die Kernannahmen dieser Theorie besagen, dass jedes Kind bei der Geburt eine angeborene Motivation mitbringt, sich an einen Menschen, eine Bindungsperson, zu binden. Mit diesem Menschen verbindet das Kind ein tiefes emotionales Band. Grundsätzlich kann jede Person diese für den Säugling so wichtige Rolle einer Bindungsperson übernehmen.

Ist das Kind mit einer Situation konfrontiert, die ihm Angst macht, so sucht es die Nähe und den Körperkontakt zu seiner Bindungsperson. Der Säugling ist demnach sehr stark von der Zuwendung und dem Schutz dieses Menschen abhängig. Zeigt sich die Bindungsperson als feinfühlig, zuverlässig, verfügbar und unterstützend, kann sich eine sichere Bindung entwickeln. In Untersuchungen werden neben dem sicheren Bindungstyp meist drei weitere Bindungstypen genannt – die unsicher-vermeidende Bindung, die unsicher-ambivalente Bindung und die desorganisierte Bindung.

Die Bindungsqualität beeinflusst zudem das individuelle Erkundungssystem. So wagen sich sicher gebundene Kinder auch von ihrer Bezugsperson weg. Sie machen sich ohne Angst auf, um die Welt zu erkunden, weil sie wissen, dass in der Not jemand greifbar ist. Kinder, die ständig Angst um die Liebe ihrer Bindungsperson haben müssen, sind in diesem Punkt deutlich eingeschränkter. Die ständige Sorge, ob denn die Liebe noch da ist, wenn sie sich entfernen, verhindert das Hinausgehen und das Lernen. Eine Bindungsstörung ist also ein doppelter, ein emotionaler und ein kognitiver Verlust.

Beim Lesen ging mir vieles durch den Kopf. Das Buch *Der kleine Prinz* und darin die Stelle vom Fuchs, der sagte, dass man verantwortlich ist für das, was man gezähmt hat. Mich rührte diese Stelle. Sie hat mich neben dem Elefanten in der Riesenschlange und dem *Zeichne mir ein Schaf* immer am meisten beeindruckt. »Du bist verantwortlich für das, was du gezähmt hast.« Irgendwie war das wie bei den Schülern. Wenn sie dir anvertraut sind, dann hast du für einen Rahmen zu sorgen, der Sicherheit und Schutz bietet.

Die Schüler kommen zunächst aus einer Familie, in der sie als Säuglinge die so prägenden Bindungserfahrungen machen. Damit gehen sie dann weiter durchs Leben und kommen so auch in die Schule. Sie kommen demnach nicht als ein unbeschriebenes Blatt zu uns, sondern die Erlebnisse von Nähe, Liebe und auch Angst und Abweisung haben ihre tiefen Spuren hinterlassen.

Wie aber war das bei mir selbst?, fragte ich mich. Zu wem konnte ich gehen, wenn ich Angst hatte oder Sorgen? Ich erinnerte mich spontan an keine Situation, in der ich als Kind nicht gehalten wurde, oder in der ich mich ausgeliefert fühlte. Mein Grundgefühl war also ein sehr gutes und sicheres.

Also auch ich selbst bin kein unbeschriebenes Blatt. Alles hat seinen Niederschlag gefunden. Ich bin in einem liebevollen Nest aufgewachsen, aber sicherlich hat es auch schwierigere Tage in meiner Kindheit gegeben. So weiß ich von meiner Mutter, dass sie und mein Vater in der ersten Zeit meines Daseins mehr als verunsichert waren, was das Thema Erziehung anging. Es gab gesellschaftliche Vorgaben und Meinungen über das, was Kinder brauchen und was nicht, und meine Mutter versuchte sich zunächst an den Aussagen einer resoluten Dame der Säuglingsfürsorgestelle zu orientieren. Diese vertrat eine Auffassung, die man in den 1960er-Jahren häufig antreffen konnte.

Es wurde propagiert, dass die Säuglinge von ihrer Geburt weg an einen Rhythmus zu gewöhnen sind, sowohl was das Essen als auch was den Schlaf anging. Konkret bedeutete dies, dass Eltern angehalten wurden, ihr Kind schreien zu lassen, wenn es noch nicht Zeit war fürs Stillen oder mehrheitlich eher für das Fläschchen. Zum Schlafen wurde empfohlen, die Kinder in einem eigenen Zimmer unterzubringen. Sie sollten lernen zu warten. Damit sie nicht an irgendwelchen Decken oder Kissen ersticken konnten, gab es eine moderne Erfindung – das *Strampelchen*. Das Strampelchen war so etwas wie ein Schlafsack mit Ärmeln, der mit Bändern am Gitterbett festgemacht wurde. So konnte das Kind sich nicht abdecken und auch nicht ersticken. Umdrehen und bewegen konnte es sich aber auch nicht. Alleine die Vorstellung daran nahm mir die Luft. Ich hatte es meiner lauten Stimme, meinem Temperament und den strapazierten Nerven und den warmen Herzen meiner Eltern zu verdanken, dass mir all diese Schrecklichkeiten erspart blieben. Versucht haben sie es zuerst, meine Eltern, und es dann aber aufgegeben und genossen. Ohne diese kalten Vorschriften von außen war das Leben miteinander viel schöner.

Die Erfahrungen, die Kinder mit ihren Bindungspersonen machen, sind also unterschiedlich, und sie hinterlassen auf jeden Fall weitreichende Prägungen im Menschen. Je nachdem, ob ein Kind Feinfühligkeit erlebt hat oder nicht, ob es in einer Beziehung emotionale Wärme gab oder Kälte, je nachdem, ob man gehalten und getragen wurde oder alleingelassen mit den Ängsten, speichern sich unterschiedliche Bindungserfahrungen ab. Was eine Person in der frühen Kindheit erlebt hat, prägt somit auch ihre zukünftigen Beziehungen und ihre Wahrnehmung der Welt. Ist die Welt freundlich und warm oder abweisend? Kann man den Menschen vertrauen oder nicht?

Eines ist in diesem Zusammenhang ganz besonders hervorzuheben, wenn wir über Pädagogik nachdenken: Nicht nur die Schulkinder bringen ihre Prägungen, oder wie es in der transaktionsanalytischen Theorie fachlich richtig heißt, ihr *Skript* mit herein in die Klasse, sondern auch die Lehrpersonen. Man könnte dieses Skript in etwa als *Drehbuch des Lebens* verstehen. Das Skript der Lehrpersonen wirkt in demselben Maße wie das Skript der Kinder. Es gibt nicht nur sicher gebundene Erwachsene in der Pädagogik, das steht außer Frage. Auch unsicher-gebundene Menschen können jedoch gute pädagogische Arbeit leisten, vorausgesetzt, sie gehen mit ihren Bindungserfahrungen sehr bewusst um. Das damit verbundene Verhalten und die eigenen Reaktionsmuster dürfen keinesfalls ausgeblendet werden. Die Bewusstheit der Lehrperson ist der springende Punkt!

Daher kann es eigentlich nur einen richtigen Weg geben: Wir Lehrpersonen müssen unser eigenes Skript kennenlernen. Wir müssen uns selbst kennenlernen und unser eigenes Drehbuch genau betrachten. Wir müssen wissen, wer wir selbst sind, und unser Sosein auch annehmen.

Es hilft uns nicht weiter, wenn wir höflich die kritischen Erfahrungen und Erlebnisse in unserem Leben umschiffen. Sie hilft uns nicht weiter, die Fried-Höflichkeit! Sie ist der Tod für die eigene Entwicklung. Wer sich selbst kennenlernen will, der braucht auch Menschen, die ungeschminkt erzählen, wie sie einen wahrnehmen, deutlich und von Liebe getragen.

Wir brauchen zudem Kenntnis über die Wirksamkeit von Übertragung und Gegenübertragung, denn Übertragung und Gegenübertragung spielen in allen Beziehungen eine Rolle. Die Kinder übertragen, um es stark vereinfacht auszudrücken, beispielsweise ihre Erfahrungen mit ihrer Mutter auf mich als Lehrerin. Sie nehmen an, dass ich ähnlich gestrickt bin wie ihre Mutter und auch so reagieren werde. Wenn diese Mutterbeziehung schwierig ist, so ernte ich mitunter auch die der Mutter geltende Wut.

So könnte es sein, dass mir Lucca so begegnete, wie er das aus seiner Familie kannte. Zum einen zeigt er sich als lieber und anhänglicher Junge. Dann kann dieses Verhalten von einer Sekunde zur anderen wechseln. In der Bindungstheorie wird dies als ambivalent beschrieben. Allmählich wurde Luccas Verhalten für mich nachvollziehbar.

Die frühen Beziehungserfahrungen von ambivalent-gebundenen Kindern könnte man als ein Wechselbad der Gefühle bezeichnen. Die Reaktionen der Bezugsperson sind inkonsistent, das heißt, sie wechseln ständig, was die Verfügbarkeit oder die Reaktionen gegenüber den Kindern betrifft. Die Bezugsperson überschüttet das eine Mal das Kind mit Liebe und Zuwendung, dann wird es wieder ignoriert. Bowlby schreibt, dass die Kinder sich dadurch nicht sicher sein können, ob ihre Bindungsperson in schwierigen Situationen verfügbar ist oder nicht. Sie suchen daher ständig deren Nähe. Die Ambivalenz zeigt sich darin, dass diese Kinder zum einen sehr an ihrer Bezugsperson hängen, zum anderen aber auch massiven Ärger zeigen, weil sie nicht ausreichend beachtet werden.

Diese Beschreibungen ließen sich gut auf Lucca übertragen. Auch in der Schule spürten wir seine Verunsicherung, was Beziehungen angeht. Einmal heiß, einmal kalt. Jetzt wurde mir klar, dass sein verbaler Übergriff mir gegenüber ebenfalls mit dem Thema Bindung in Zusammenhang stehen könnte.

Auf dieser Basis konnte ich nun auch die Aussage von Laurent verstehen, seine Aussage, »dass es Personen gibt, die meine Zuwendung gar nicht aushalten«. Unsicher-ambivalent-gebundene Kinder wie Lucca trauen meiner Zuwendung noch nicht durchgängig. Ich muss demnach damit rechnen, dass ein ambivalentgebundenes Kind durch Aggressionen oder Provokationen austestet, ob es nicht wieder zurückgewiesen oder gemaßregelt wird. Man wird also auf die Probe gestellt. Ich wurde von Lucca auf die Probe gestellt. Ist die Lehrerin feinfühlig? Ist das immer so oder nur einmal? Hält die Beziehung meine Wut aus?

Den Lehrpersonen kommt in Bezug auf beziehungsorientierte Interventionen eine bedeutende Rolle zu, weil sie nämlich viel Zeit mit den Kindern und Jugendlichen verbringen. Wir haben die wunderbare Möglichkeit, den Schülern neue Erfahrungen zu ermöglichen. Allerdings ist ein positiver Einfluss nur dann möglich, wenn die Lehrperson auch um die Bindungstypen der Schüler weiß, ansonsten erfolgt oft nur eine Bestätigung des bereits Bekannten, eine Fortsetzung der Unglücksspirale. Damit landete ich wieder an derselben Schlüsselstelle: Es ist wichtig, dass die Lehrperson zuerst weiß, wie sie selbst tickt, und dann wie ihre Schüler ticken, damit sie bewusst einen anderen Weg einschlagen kann. Uninformierte Lehrpersonen tappen nämlich schnell in die Falle. Sie reagieren verärgert und abweisend auf die Provokationen von schwierigen Kindern und bestätigen damit zum wiederholten Mal deren negative Erfahrungen.

Es ist leider sehr oft so, dass schwierige Kinder auch in Kindergärten und Schulen immer wieder von Neuem auf Ablehnung stoßen. Unsere Schüler hassen wahrscheinlich auch aus diesem Grund zunächst fast immer die Schule. Sie laufen von einer Ablehnung in die andere, bis sie schließlich hier landen. Wenn sie hier landen, dann stellen sie dich auf die Probe, ob du wirklich anders bist, dich anders verhältst, und das nicht nur einmal.

Ich erfahre aus den Büchern, dass es sogar ein sehr positives Zeichen ist, wenn ein Kind beginnt, seine traumatischen Beziehungserfahrungen erneut zu inszenieren. Wenn das Kind beginnt, dich auf die Probe zu stellen, dann kannst du davon ausgehen, dass es einen Rahmen gefunden hat, in dem es seine Erlebnisse angstfreier zeigen kann. Mittels durchgängiger emotionaler Neuerfahrungen kann sich langsam auch ein neues Muster einprägen, das Gefühl, dass jemand da ist, wenn es schwierig wird, dass jemand da ist, der dich mag und dich unterstützt. Seltsam, denke ich: Wenn ich mein unliebsames Erlebnis mit Lucca so betrachte, dann liegt darin plötzlich sogar eine Chance.

Beim Lesen über die Bindungstheorie mäanderten meine Gedanken zwischen meinen Schülern und der eigenen Kindheit hin zu Wolfgang und dann wieder zurück. Irgendwie war plötzlich alles verbunden, obwohl ich doch ursprünglich die Dinge auseinanderhalten wollte. Ich wollte aufpassen, dass ich berufliche und private Befindlichkeiten nicht vermischte. Über diese Bindungstheorie erschienen die Teile jetzt unausweichlich in einem Zusammenhang.

Es ist wohl nicht nur Zufall, dass ich genau diesen Beruf gewählt habe, und dass ich mir den Jagdberg ausgesucht habe. Es gibt Anteile, die haben mit meiner Herkunftsfamilie und mit meiner Biografie zu tun.

Und dann Wolfgang – auch ihm bin ich nicht als unbeschriebenes Blatt begegnet. Ich habe etwas mitgebracht, Vorstellungen von Liebe zum Beispiel und Prägungen durch meine frühen Beziehungserfahrungen mit den Eltern. Ich gehe mit meinem Skript und meinen in den Körper eingeschriebenen Vorstellungen durchs Leben. Nach diesem Drehbuch besetze ich dann auch die Rollen der anderen Mitmenschen. Welche Marina ist es, die den Kindern am Jagdberg oder auch Wolfgang begegnet? Die ältere Schwester eines Bruders? Die Tochter eines liebevollen Vaters?

Immer mehr wurde mir bewusst, wie abhängig wir Menschen ein Leben lang von der Liebe sind. Wir suchen Anerkennung und Liebe, das ist bei Lucca so und bei mir und bei Wolfgang.

Vielleicht ist es gar möglich, dieses persönliche Drehbuch gewissermaßen umzuschreiben, wenn man die eigene Rolle genau ansieht und studiert. Mit welchen inneren Bildern bin ich an den Jagdberg gekommen? Warum bin ich ursprünglich Sonderschullehrerin geworden? Welche inneren Bilder bringen meine Schülerinnen und Schüler mit? All dem wollte ich nachgehen, bevor ich die nächsten Schritte setzte, beruflich und privat.

Wie war das alles am Beginn dieses Schuljahres?

Diese Frage stellte ich mir. Auf der Suche nach dem eigenen Skript wollte ich in Gedanken diese Zeit noch einmal durchleben. Vom Schulbeginn im September bis zu diesem Tag nach dem Vorfall mit Lucca im Internat.

Der Wechsel an den Jagdberg und die Geschichte vom Armenhaus

Wie war das also vor acht Monaten? Warum gab es diesen Wechsel nach fast dreißig Jahren im öffentlichen Schuldienst hierher an die Sozialpädagogische Schule am Jagdberg? Mit Fünfzig wollte ich noch einmal zurück in eine Klasse. Der Jagdberg ist anders, darum habe ich ihn ausgesucht. Der Jagdberg ist eine Herausforderung an die Person, auch darum habe ich ihn ausgesucht. Doch ich bin mir sicher, das war nicht alles, das war nur der sichtbare Teil für diese Entscheidung. Es war auch der Teil, den die Menschen um mich verstehen konnten. Schwieriger wäre es geworden, wenn ich gesagt hätte »Es ist das große Atelier, darum möchte ich dorthin gehen«. Auf vollkommenes Unverständnis wäre wahrscheinlich die Aussage gestoßen »Ich habe bei meinen Besuchen am Jagdberg eine besondere Poesie gespürt«.

Und doch trifft dieser letzte Satz nicht weniger zu als die anderen. Er wird auch immer wichtiger für mich. Als Sonderschullehrerin war ich einmal auf Besuch am Jagdberg, aus dem einfachen Grund, weil ich das pädagogische Konzept dieser Schule vor Ort kennen lernen wollte. Was ich auf der Homepage der Schule gesehen hatte, interessierte mich. Der Direktor zeigte mir die Werkstatträume und führte mich durch das Gelände. Auf dem Weg zur Werkstätte *Cafelino*, dem kleinen netten Schülercafé, begegneten wir einer Lehrerin und zwei Schülern. Der eine schob eine Schubkarre vor sich her, der andere trug eine Schaufel und einen Rechen. Sie unterhielten sich ruhig, die Sonne schien, dann begannen sie ein Blumenbeet auszujäten. Dieser Eindruck war so normal, so normal wie zwei Lehrlinge in einer Gärtnerei, die einfach ihre Arbeit tun und denen jemand erklärt, worauf sie achten müssen. Es war ein Bild, das sich in seiner Schlichtheit und Stimmigkeit in mir festsetzte. So – genau so muss es sein, dachte ich.

Im Cafelino bestellten wir dann zwei Kaffee bei einem etwa dreizehnjährigen Buben. Er war rothaarig und eine Strähne fiel ihm schräg über die Augen. Er trug ein weinrotes Hemd und eine weiße Kellnerschürze. Er kam mit einem Stift und einem kleinen Block und nahm unsere Bestellung auf. War das ein Jagdbergschüler, der Bub, der sich höflich nach unseren Wünschen erkundigte, und der dann das silberne Tablett mit Kaffee samt kleiner Schokolade und einem Glas Wasser liebevoll servierte? »Brauchen Sie noch etwas?«, fragte er. Während wir uns in einer ruhigen Ecke des Cafés unterhielten, verließ er dezent und ohne Aufforderung den Raum. Ich erfuhr, dass der Schüler im Moment gerade Unterricht hatte. Er arbeitete im Cafelino also nicht in seiner Freizeit. Das war für mich noch eine weitere ungewöhnliche Erfahrung. Einmal öffnete sich für einen kurzen Augenblick die Schiebetür und der Junge fragte, ob bei uns alles noch in Ordnung sei, oder ob er noch etwas bringen dürfe? Direktor Laurent bestellte noch zwei Mineralwasser und bedankte sich für seine Aufmerksamkeit.

Zum Schluss kam der Bub mit einer großen schwarzen Geldtasche und brachte uns die Rechnung. »Auf Wiedersehen«, sagte er, und »Danke.« Ist das schon Poesie? Für mich war es Poesie, obwohl es eigentlich gelebte Pädagogik war. Eine winzige Kleinigkeit ist mir damals aufgefallen, die abgekauten Fingernägel des Buben. Es war das einzige, das den Unterschied zum Café Sacher verraten hat.

Es machte Mut zu sehen, dass man in der Pädagogik gemeinsam mit den Schülern auch etwas erreichen konnte, dass es Hoffnung gab auf eine gute Zukunft. Wieder spürte ich diese Berührung, sowohl was die Lehrpersonen als auch die Kinder am Jagdberg anging. Sie gefielen mir und ich fragte mich: »Woher kommt das eigentlich? Woher kommt mein spezielles Zugehörigkeitsgefühl zu diesen Menschen?«

Vielleicht kommt dem Armenhaus eine gewisse Bedeutung zu. Ich bin nämlich vis-à-vis vom ehemaligen Armenhaus aufgewachsen. Dass es auch etwas anderes gibt als eine glückliche Kindheit, habe ich somit immer gewusst, ja vor Augen gehabt. Das große weißgraue Gebäude wurde, noch lange nachdem es offiziell *das Altersheim* war, von den meisten Leuten weiterhin *Armenhaus* genannt. Ich kannte jeden Winkel dieses Hauses. Es stand am Tag meistens irgendeine Türe offen, ansonsten benutzten wir Kinder einfach den Kellereingang, um in das Gebäude einzudringen. Ein verwinkelter, dunkler Korridor führte durch den gesamten Kellerstock und am anderen Ende bei der Waschküche wieder ins Freie. Eine besondere Mutprobe war es, bei der einen Türe stehenzubleiben, die oben ein kleines vergittertes Fenster hatte. Wenn man hochgehoben wurde oder durch das Schlüsselloch schaute, konnte man im spärlichen Licht manchmal sehen, wie ein Sarg auf einem schwarzen Eisengestell stand. Dann aber schnell wieder ab ins Freie, hinaus auf die Wiese mit den Hennen. Dort war man gerettet. Nur im Sommer war es eine reine Glückssache, ob man barfuß auch ohne Hühnerdreck zwischen den Zehen wieder beim Zaun ankam.

Die Bewohner des Armenhauses kannte ich alle, und zwar in den verschiedensten Zuständen. So war der Herr Feuerstein regelmäßig so betrunken, dass er sich nur noch entlang der Stadionmauer zum Haus zurücktasten konnte. Dabei sang er laut und oft kroch hinter ihm ein langsames Rinnsal quer über die Straße. Meine Oma schimpfte dann mit ihm. In den Rosenkranzandachten war Herr Feuerstein wieder ganz anders, sehr still und immer in demselben abgewetzten Anzug. In diesen Andachten in der Kapelle des Armenhauses haben sich regelmäßig die geistlichen Schwestern aus einem Tiroler Orden und einige kuriose Hausbewohner zum Gebet versammelt. Dazwischen in den Bänken saßen Kirchgängerinnen aus der Nachbarschaft, die man allesamt kannte. Die Rosenkränze waren durchzustehen als Kind, die eintönigen Sprechgesänge in ihrem meditativen Charakter nicht erschließbar, unendlich gedehnte Zeit, das war alles. Lange Weile und Zeit, um die Menschen genau zu studieren, ihre Gesichter, ihre Bewegungen, die Gerüche. Viele Gerüche von alten Menschen. Was man noch konnte, war, die mitgebrachte kleine Handtasche immer wieder zu öffnen und zu schließen und die wenigen Sachen darin umzuschichten. Ein Taschentuch, das nach Seife roch, ein kleiner Parfumflakon, ein Gebetbuch für Kinder mit ein paar bunten Bildern darin, ein silberner Rosenkranz von der Erstkommunion.

Die normalen Messfeiern waren unterhaltsamer, denn es gab einige Höhepunkte darin. So war das absolute Highlight die Stelle ... *und führe uns nicht in Versuchung, sondern erlöse uns von dem Bösen, Amen.* Durch die Tiroler Herkunft der Schwestern konnte man sich freuen auf ein ... *und führe uns nicht in Versuchung, sondern erlese uns von dem Besen.*

An dieser Stelle musste ich immer schmunzeln und tauschte amüsierte Blicke mit meiner Freundin. Begleitet wurden die Schwestern in ihrem Gebet von den gutturalen Lauten zweier taubstummer Frauen mit riesengroßen Kröpfen, die mir immer Angst machten. Ein junger Mann mit deutlichem Übergewicht, der Walter, betete mit gefalteten und zum Himmel hoch gestreckten Händen wie ein Kind und mit lauter Stimme. Er lächelte immerzu. Dazu schaukelte er mit streng geschlossenen Beinen auf seinen Füßen rhythmisch vor und zurück wie eine angestoßene Wackelfigur. Roland war auch mit von der Partie. Er schob jeden Tag einen Handanhänger mit einem Fass voller Schweinekost durch den Ort.

Was es zudem noch gab in dem Armenhaus, waren Kinder, vom Säugling bis zum Jugendlichen. Manche dieser Kinder waren nur ein paar Tage in der Obhut der geistlichen Schwestern, andere blieben für ein, zwei Jahre. Es waren Kinder, die aus den verschiedensten Gründen nicht bei ihren Eltern sein konnten, wie Kinder von Alkoholkranken oder auch Waisenkinder. Sie kamen aus dem ganzen Land und wurden von der Fürsorge ins Armenhaus vermittelt. Man war es in der Nachbarschaft gewohnt, manchmal ein Auge auf die Kinderwagen zu werfen, die am Vormittag unter einen Baum gestellt wurden. Denn mit dem Gang der Sonne stand so ein Kinderwagen dann irgendwann in der prallen Hitze, und es war nicht immer so, dass das Geschrei der Kinder auch gehört wurde. So stellte meine Oma des Öfteren einen dieser Wagen ein Stückchen weiter hin zum Baum. Sie schaukelte noch ein wenig das Kleine darin und sprach dazu ein paar Worte in das weiße Gehäuse hinein. Ich habe immer schon gespürt, dass mein Bruder und ich es besser hatten als die Kinder im Heim. Ich konnte mit denen im Heim in der Reihe auf der langen Holzbank sitzen und dünne Spinatsuppe essen, dazu ein Brot, die kleine, dicke Kinderschwester hat das immer erlaubt. Ich durfte auch auf der großen Terrasse die Schaukelpferde aus Holz benützen.

Der Unterschied war, dass ich wieder gehen konnte, wenn mir die Schaukelpferde langweilig wurden und mir die Spinatsuppe nicht schmeckte. Ich konnte wieder gehen, und ich hatte meine Eltern und Großeltern und meinen Bruder und ein feines Bett und einen Garten hinter dem Haus und eine Schaukel, einen Sandkasten und eine Katze.

Es waren allesamt benachteiligte Menschen im Armenhaus. Kein Einkommen, kein eigenes Dach über dem Kopf, soziale Probleme, Suchtprobleme. Die Kinder in entsetzlichem Maße Opfer widriger Umstände. Das Armenhaus heißt jetzt *Sozialzentrum*. Kinder wohnen dort keine mehr.

Aber das war es, was ich mir lange unter einem *Heim* vorgestellt habe, so etwas wie das Armenhaus. In meinem Lehramtsstudium habe ich dann eine Einrichtung in Tirol kennengelernt. Das war nochmals eine neue Dimension an Schrecklichkeit. Als

Besucher konnte man das erspüren, obwohl uns eine heile Welt gezeigt wurde. Dorthin wurden auch Kinder aus Vorarlberg geschickt. Uns Studierenden wurde es präsentiert als ein *Heim* für geistig behinderte Mädchen. Bei dieser Exkursion habe ich ein Mädchen getroffen, das ich vom Sehen her kannte. Sie war nicht geistig behindert, sie war ein Mädchen aus der Vogewosi-Siedlung, das *nicht gut tat*, wie gesagt wurde, das herumstreunte und sich mit Buben traf. Ich habe ein paar Worte mit ihr gewechselt, aber dann wurde sie von den Schwestern weggerufen. Ein paar Kinder hatten sich zu unserer Begrüßung zu einem kleinen Chor formiert, mit einer Triangel und einer Handtrommel. Sie haben uns Studenten das Lied *Hoch auf dem gelben Wagen* vorgesungen. *Aber der Wagen der rollt ...* Ich habe mich schlecht gefühlt bei dieser musikalischen Vorstellung. Auf der falschen Seite habe ich mich gefühlt.

Die Schwestern haben ohne Ausbildung aus Gehorsam eine Aufgabe auf sich genommen und das Beten zur Heilung der Armen eingesetzt. Sie haben einem Kind ohne Großhirn die Windeln gewechselt und ihm den Brei eingelöffelt, den das Kind wieder ausgespuckt hat. Sie haben nicht aufgegeben und ihm das Ausgespuckte geduldig wieder in den Mund geschoben. Manchmal würde ein Kind weglaufen, haben sie erzählt, aber weiter als bis hinunter zur Autobahn sei noch keines gekommen. Als Buße gebe es Vaterunser- und *Rosenkranz-Beten*, keine Schläge, das sei früher gewesen. Das Atmen fiel mir schwer bei dieser Vorstellung, Kinder ohne Schutz und ohne Rechte.

Heute weiß man allzu gut, welches Martyrium Kinder in diesen Heimen erleiden mussten, unvorstellbare und menschenverachtende Übergriffe – auch am Jagdberg.

Im Gegensatz dazu fühlte sich dieser Besuch in der Sozialpädagogischen Schule so ganz anders an. Es hatte überhaupt nichts mit den Klischees zu tun, die in Teilen der Bevölkerung noch immer verankert sind. Es war das genaue Gegenteil davon. Die Drohung *Wenn d' nid ghöörig tuascht, denn kuunscht an Jagdberg*, wirkte geradezu absurd angesichts der Eindrücke, die ich von dieser Schule nach Hause mitnehmen konnte. Diese Eindrücke waren stark und durchgängig positiv. An diesem Ort wollte ich arbeiten.

Schulbeginn

Obwohl ich schon jahrzehntelange Schulerfahrung mitbrachte, waren die ersten Tage am Jagdberg mehr als aufregend für mich. Alles war neu: die alters- und schultypengemischte Zusammensetzung der Gruppen, das Teamteaching mit Margrit und Elke und meine Rolle als Klassenleiterin. Im Grunde genommen hatte ich keine Ahnung, was da auf mich zukam, und entsprechend unsicher fühlte ich mich auch in dieser Situation. Eigentlich hatte ich Angst. Ich hatte Angst, dass die Realität eine andere sein würde, als ich mir das gewissermaßen naiv vorgestellt hatte. Ich hatte Sorge, dass ich die Leitungsfunktion in einem Lehrerteam nicht professionell genug wahrnehmen könnte. Vor allem aber war ich unsicher, was die Schüler betraf. Ich kannte sie nicht und konnte mich nicht entsprechend vorbereiten. Nur den Unterrichtsstoff hatte ich in der Tasche, sonst nichts. Es war eigentlich nichts mehr da, an das ich mich halten konnte. Die einzige Beruhigung waren für mich Margrit und Elke. Sie brachten Erfahrung mit, sie kannten die Kinder. Ich war also eine Leiterin – und bebte innerlich.

Noch heute erinnere ich mich an das Vibrieren in der Luft, als ich gemeinsam mit den Kindern und meinen Kolleginnen den neu renovierten Klassenraum betrat. Es gab ein paar Rahmenbedingungen, die eine Spur von Halt gaben. Das betraf zum einen die Verteilung der Sitzplätze. Im Vorfeld hatten wir sehr lange darüber nachgedacht, wer an welchem Platz sitzen sollte. Auch das war mir in dieser Intensität bis dato unbekannt. Die Sinnhaftigkeit der ganzen Sache erschloss sich mir jedoch sehr schnell, als ich die Akten der Kinder durchgelesen hatte. Jedes von ihnen brachte seine Besonderheiten, seine prägenden Erfahrungen und auch seine Empfindlichkeiten mit. Durch die Wahl des passenden Sitzplatzes konnte man als Lehrperson eine Art von Grundsicherheit schaffen. Margrit und Elke waren dabei eine unschätzbare Hilfe, denn fünf Kinder kannten sie bereits vom Vorjahr. Es waren dies Lucca, Michelle, Jimmy, Lorenz und Matthias. Zur Begrüßung hatte ich Kindersekt mitgebracht und zahlreiche Spiele vorbereitet, die ich für Jugendliche passend fand. Es hatte mich unendlich viel Zeit gekostet, diesen ersten Unterrichtstag vorzubereiten. Dazu sagte mir Margrit noch, dass man sich am Jagdberg sowieso nicht auf alles vorbereiten kann. Es sei oft so, dass man in der Situation Entscheidungen treffen und reagieren müsse. Sicherheit konnte diese Aussage nicht vermitteln, aber, wie ich heute weiß, die Realität.

Auf jeden Fall war ich heilfroh, als ich nach diesem ersten Tag ohne größere Schwierigkeiten im Unterricht das alte Schulhaus wieder verlassen konnte. Einstieg geschafft! Bereits in den nächsten zwei Tagen wuchs unsere Klasse. Neu dazu kamen Andreas und Dennis. Man spürte buchstäblich körperlich, wie sich dadurch die Rollen neu mischten. Auch hatte ich das Gefühl, dass die Kinder am Jagdberg quasi mit einem sechsten Sinn ausgestattet sind und schon auf eine Schwingung in der Stimme oder eine Haltung ihres Gegenübers reagieren.

So ist mir Jimmy sofort aufgefallen, nachdem er mir bereits am Ende des ersten Tages Folgendes erzählte. Er habe geglaubt, da kommt wieder so eine Ökotante, meinte der Zwölfjährige, aber ich sei ganz okay. Mich belustigte diese Aussage, aber vor allem beruhigte sie mich auch gewissermaßen. Eine Spur von Akzeptanz lag darin, und die konnte ich in dem Moment sehr gut gebrauchen. Mit der Ökotante hatte er ja nicht einmal Unrecht. Wenn der noch wüsste, dass ich mit einem Elektroauto herumkutschiere, dachte ich, würde ihn das sicher köstlich amüsieren!

Jimmys Blick war also ziemlich scharf, und seine Fähigkeit, gleich einen bestimmten Punkt seines Gegenübers zu treffen, ebenfalls. Darin zeigte er sich auch später noch als großer Meister. Diese Fähigkeit, das Gegenüber sofort zu durchschauen, war für ihn wahrscheinlich auch notwendig, um zu überleben, die Menschen erkennen, ihre Absichten voraussehen, vorsichtig sein, um rechtzeitig reagieren und sich schützen zu können. Jimmy wurde mitten in das Ende einer gewalttätigen Beziehung hineingeboren. So ist er aufgewachsen mal bei der einen Oma, mal bei der anderen, mal bei der Mutter mit neuem Freund und dann wieder beim Vater am Wochenende und so weiter und so weiter. Er war ein süßes und aufgewecktes Kind, das sah ich auf den Babyfotos, die im Therapieraum hingen. Die Stoffgiraffe von damals hat er heute noch in seinem Bett, aber davon erzählte er natürlich niemandem etwas. Für jemanden wie Jimmy war bis zum Eintritt in die Schule schon vieles schief gelaufen. »Das sieht man ja bereits in der Entbindungsstation«, hat mir einmal eine Krankenschwester erzählt, »man sieht das in den ersten Tagen nach der Geburt schon. So kann das nichts werden.« Mit diesen Vorzeichen musste Jimmy durchs Leben gehen.

Es stellte sich bald heraus, dass Michelle die Chefin in der Klasse war. Sie war schon vierzehn Jahre alt und von Kopf bis Fuß schwarz gekleidet. Ihre Haare waren dunkel gefärbt und ihre Augen mit Kajalstift umrandet. Ich glaube, es waren vor allem ihre wechselnden Launen, die die anderen fürchteten, und daher wurde sie von allen mit großem Respekt behandelt. Auch Dennis, der Neue, zeigte sofort eine gewisse Ehrfurcht vor ihr, obwohl er nach seinen Worten alle Frauen hasste. Auch die Lehrerinnen hasse er. Lehrer hasse er aber auch, »denn das sind alles Looser«. Später haben wir auch herausgefunden, was er liebt, zum Beispiel seine Katzen und alles von Star Wars. Anfänglich versteckte er den kleinen Jungen in ihm, der auch noch gerne mit Tierfiguren spielte.

Andreas, der zweite Neue, war erst zehn Jahre alt. Es war anfangs recht aufwändig zu erspüren, was der Junge brauchte, um bei sich bleiben zu können und auch um die Gruppe aushalten zu können. Es war vor allem eine klare Struktur, die ihm helfen konnte und viel Ruhe im Raum. Daher haben wir auch versucht, seinen Sitzplatz entsprechend *sicher* für ihn auszuwählen. Er brauchte jemanden hinter sich, der Ruhe ausstrahlte, so jemanden wie Matthias.

Matthias war unser Feuerwehrmann. Er war groß und wog um die neunzig Kilogramm. Mit Lernen tat er sich schwer. Er wurde nach dem Lehrplan der Allgemeinen Sonderschule (ASO) unterrichtet. Für Matthias hieß ASO *asozial* und wenn man ihm diesbezüglich widersprach, hörte er sich das Ganze erst einmal an, sagte dann aber wieder *asozial* und grinste verschmitzt. Matthias versuchte sich trotz seiner Größe unsichtbar zu machen. Er saß ganz hinten, und rückte so weit wie möglich in die Fensternische hinein. Matthias sprach wenig, meist nur dann, wenn er angesprochen wurde. Er verbreitete das Gefühl eines in sich ruhenden Bären.

Lorenz verkörperte gewissermaßen das Kontrastprogramm dazu. Er hatte ein Gesicht wie ein Mädchen und er wirkte kindlich, bis auf seine Sprache. Sein Sprachverhalten war stark sexualisiert, und er konnte in Streitsituationen recht deftige Ausdrücke von sich geben. Doch auch andere waren diesbezüglich nicht immer zimperlich. So bezeichnete ihn ein Kumpel aus dem Internat einmal als *Schwuchtel.* Lorenz nahm dies recht gelassen hin. Vielleicht verfehlte diese Beschimpfung auch einfach ihre Wirkung, denn das Wort *schwul* kam bei Lorenz ständig und in den absurdesten Kontexten vor. Es gab schwule Kleidung, schwule Frisuren, sogar schwule Bleistifte. Schwule Erzieher und schwule Lehrer sowieso. Ich glaube, *schwul* waren für ihn alle Männer, die nicht zuschlagen, wenn sie dumm angemacht werden, Männer, die auf Provokationen und Beleidigungen nur verbal reagieren. Dabei suchte Lorenz im Internet nach Figuren mit großen kindlichen Augen und malte Herzchen auf seine Federschachtel. Auch das war Lorenz. Und er war es gewesen, der mich im Cafelino vor Wochen so aufmerksam und höflich bedient hatte. Später habe ich dann erlebt, dass er sich vor dem Nikolaus und dem Krampus noch immer fürchtet.

In der Mittelreihe hatten wir den Platz für Lucca festgelegt. Lucca war ebenfalls zwölf, und derjenige, der die meiste Fröhlichkeit in der Klasse ausstrahlte, ein lebhafter und freundlicher Junge mit lockigen dunklen Haaren. Daher konnte er auch in der Mitte sitzen, weil er diese Position gut aushielt, ja genoss. Er ging auch sofort auf mich zu, wollte mir das und jenes zeigen, und er brachte mir eine Zeichnung mit in die Schule. Er hatte einen BMW gemalt und mir erzählt, dass sein Onkel so einen habe, einen tiefer gelegten mit Ledersitzen! Lucca zeigte sich anhänglicher als die anderen Schüler, und ich fand das sehr berührend. In diesen ersten Tagen am Jagdberg war es sogar noch weit mehr. Emotional war dieses Kind für mich der erste Ankerpunkt in der Klasse. Eine Sicherheit, dass es jemanden gibt, mit dem ich in Beziehung treten kann, jemanden, der mir freundlich begegnet. Lucca war mit seinem Entgegenkommen in dieser Hinsicht ein erster Stern für mich am Himmel. Heute sehe ich das durchaus differenzierter. Luccas anhängliches Verhalten hatte wohl auch mit seiner emotionalen Verunsicherung zu tun und mit seinen frühen Bindungserfahrungen. Die Schwierigkeiten mit Lucca sollten sich bekanntermaßen später noch zeigen, und damit auch ein zentraler Punkt der Pädagogik klar werden: Die Kinder sind so, wie sie sind. Es kann Zeiten geben, die man als sehr angenehm empfindet und Zeiten, die schwierig sind. Manchmal muss man auch das Gefühl der Ohnmacht aushalten, weil man im Grunde genommen an den Schülern nichts ändern kann. Entwickeln können sich die Kinder nur selbst.

Jeden Tag seit diesem Schulbeginn lerne ich neue Facetten dieser Kinder kennen, die so vieles können, wenn man ihnen etwas zumutet und ihnen etwas zutraut. Wenn etwas gelingt, dann verbreitet sich diese positive Energie am Jagdberg in Windeseile. Denn im Grunde genommen kennt hier jeder jeden. *Du kannst keine Blume pflücken, ohne einen Stern zu stören*, so ist das hier. Alles hängt irgendwie zusammen. Wenn einer oder eine nicht zur Ruhe kommt, vibriert die ganze Schule. Und wenn alles ruhig schwingt, wenn der Klang des Klaviers aus dem kleinen Nebenraum ins Klassenzimmer dringt oder wenn Andreas Gitarre übt, dann überträgt sich auch dieser Puls auf die Menschen und die Umgebung.

Die Werkstätten

Die Werkstätten am Jagdberg begeisterten mich von Anfang an. Keine andere Pflichtschule im Land hat etwas Vergleichbares. Die Sinnhaftigkeit und das dahinter stehende Konzept standen für mich immer außer Frage. Die Kinder besuchen sie auf freiwilliger Basis, je nach Interesse und während der Schulzeit: die Fahrradwerkstatt, das Cafelino, das Grünwerk, den Bauernhof, die Schulband, die Druckerei Print und das Atelier Zebra. Die Werkstätten stellen einen speziellen und wichtigen Teil des Unterrichts dar. Sie sind gleichsam eine Antwort auf die *Papierschule*.

In der Papierschule wird ein Arbeitsblatt um das andere abgearbeitet, in den Werkstätten wird der Alltag bewältigt und die Kinder können sich selbstwirksam erleben: kein Spiel, keine künstlichen Aufgabenstellungen, sondern das reale Leben fordert dich in den Werkstätten heraus. Dabei haben schon viele Schüler herausgefunden, welcher Beruf ihnen gefallen könnte. Ganz nebenbei haben sie vergessen, dass sie in der Schule sind und haben auf diesem Weg wieder Freude am Lernen gefunden. Ein Grund dafür, dass die Werkstätten bei unseren Schülern so beliebt sind, ist sozusagen ihre Frische. Es sind Handlungsfelder, die im Erleben der Kinder noch nicht schulisch besetzt und schulisch verbraucht sind. Was meine ich damit? Wenn ich *Mathematik* oder *Deutsch* sage, dann läuft in den Kindern bereits ein Film ab, bei unseren Schülern meist ein schlechter Film. Wenn ich hingegen *Fahrradwerkstatt* sage, dann ist noch alles offen, dieses Feld bringt keine Vorbelastungen mit.

Selbst dann, wenn die Schüler erfahren, dass die Arbeit in der Werkstatt auch eine Form des Unterrichts ist und zudem Notenrelevanz besitzt, ändert sich an dieser Frische nichts.

In Sachen Benotung zeigt sich außerdem etwas recht Interessantes, gewissermaßen eine Umkehr der Verhältnisse. Im herkömmlichen Unterricht in der Regelschule ist es für den Lehrer einfach, nach bestimmten Kriterien zu Noten zu kommen. In den Werkstätten ist es anders. Hier wird es für die Lehrperson auf einmal zur Herausforderung. Wie kann ich das benoten, wenn ein Kind im Cafelino von der Bestellung über die Zubereitung bis zur Rechnung seine Aufgaben erfüllt – und das alles korrekt und in einem höflichen Umgangston? Darüber muss ich mir als Lehrperson ausgiebig den Kopf zerbrechen. Für das Kind selbst ist dieses Thema in der Werkstatt unwichtig. Es arbeitet einfach.

Es ist also das Tun, das in den Werkstätten im Vordergrund steht, und konzeptionell ein Dreieck bildet aus Handeln, Wahrnehmen und Denken. Ich gehe davon aus, dass Kompetenzen nur über das Handeln gewonnen werden können. So könnte ich vom Bild her auch von der *Intelligenz der Hand oder des Körpers* sprechen.

Die Arbeit in den Werkstätten ist nicht nur ein Zeitvertreib oder Ausgleich zum herkömmlichen Unterricht, ganz im Gegenteil. Von den Kindern wird auch etwas erwartet. Aber diese Erwartung muss unserer Erfahrung nach nicht von der Lehrperson formuliert werden, sondern diese Erwartung ist produktimmanent. Jeder, der ein Fahrrad in eine Werkstatt gegeben hat, erwartet, dass er es in einem tadellosen Zustand wieder zurückbekommt. Ansonsten wird die Werkstatt kein Geschäft mehr machen. Qualität ist also eine Voraussetzung dafür, dass eine Werkstatt überhaupt Aufträge erhält. Dasselbe mit den Pflanzengebinden. Wenn ich als Privatperson einen Blumenstrauß in der Werkstatt Grünwerk bestelle, dann habe ich bestimmte Erwartungen, wie dieser Strauß aussehen soll. Dieser Zusammenhang ist den Kindern sofort klar, auch ohne Erklärung. So funktioniert professionelles Arbeiten. Das ist so wie in einer Firma. Daher gibt es auch einen *Betriebsausflug*. Den eigentlichen Geist der Werkstätten kann man jedoch nur dann erfahren, wenn man die Kinder bei der Arbeit erlebt hat, zum Beispiel in der Fahrradwerkstatt, genannt *Bikegarage* oder *Bike*.

Das waren so richtig spannende Erstlingserfahrungen für mich als Lehrerin, denn ich habe in der Bikegarage ohne irgendwelche Grundkenntnisse zwei Werkstattstunden übernommen. Was ich konnte, war einen Reifen aufpumpen oder Reflektoren auswechseln, viel mehr war mir anfangs nicht möglich. Doch! Fahrräder putzen, das konnte ich ebenfalls ausgezeichnet, aber dann war Ende der Vorstellung. Allein schon die unbekannten Gerüche in der Bike erfüllten mich mit Respekt, denn ich hatte keine Ahnung, wozu dieses oder jenes Mittel diente, wann man Kriechöl verwenden sollte und wann nicht. Es blieb mir also nichts anderes übrig, als meine Unerfahrenheit gegenüber den Schülern auch einzugestehen und sie um Hilfe zu bitten. Und in dieser Situation zeigten sich die Chefmechaniker Jimmy und Lucca mir gegenüber von ihrer großherzigen Seite. Dieser unerfahrenen Frau konnte man ja zeigen, was man drauf hat! Als Jimmy fachgerecht die Bremskabel ausklinkte, um neue Drähte einzuziehen, fühlte ich mich in die Rolle eines Lehrlings versetzt. Ich war diejenige, die fragen musste. Auch Lucca ging sehr verantwortungsvoll mit dieser Situation um. Höflich bat er mich, den Rahmen des Fahrrades zu halten, dessen Reifen er heruntermontieren wollte. Anschließend durfte ich ihm zusehen, wie er geschickt einen *Achter* durch das Spannen und Lösen der Speichen beseitigte. Dabei erklärte er mir jede Kleinigkeit, auf die man achten musste. Der Stolz der beiden Jungen war unübersehbar, und auch meine Freude darüber, dass ich von den Chefmechanikern für die gründliche Putzarbeit gelobt wurde. »Das haben Sie gut gemacht, Frau Simma!«, meinte Lucca.

Fehlende Teile wurden nach Rücksprache von den Kindern im Fachhandel telefonisch geordert. Man muss sich das vorstellen! Da sitzt so ein Dreizehnjähriger im grauen Arbeitsmantel hinter dem Computer am Schreibtisch in der Werkstatt und telefoniert mit einem Händler. Er nennt seinen Namen, begrüßt sein Gegenüber. Er gibt die Bestellungen durch, notiert Liefertermine und beantwortet entsprechende Rückfragen. Am Ende heißt es ganz selbstverständlich *Danke und Auf Wiedersehen.* Das ist irgendwie unglaublich.

Nach einer erfolgreichen Arbeitsphase in der Bikegarage wuschen wir uns mit einer Waschpaste, die nach Marzipan roch, die Hände. Zwischendurch besuchten wir einmal das Cafelino. Wie es bei Profis halt so üblich ist, meine ich.

Im Laufe der Zeit wurden auch meine Kenntnisse der Materie durch *learning by doing* mit Unterstützung der Schüler besser. Weitere bedeutende Inputs erhielt ich vor allem von meiner Kollegin Margrit, die sich über die Jahre als Leiterin der Bikegarage große Kompetenzen angeeignet hat. Auch sie begann zunächst vollkommen unbedarft und kniete sich dann mächtig in diese Fahrradwerkstatt-Materie hinein. Unterstützt werden wir in der Schule durch Herrn Fink, einen Fahrradhändler in Pension, der uns und den Kindern seine Kenntnisse in regelmäßigen Abständen zur Verfügung stellt. Wenn er da ist, dann spürt man seine Autorität kraft seines Könnens. Sein Know-how wirkt.

Dieser Ansatz lässt sich durchaus auch auf die Lehrerrolle übertragen. Den Kindern gefällt das, wenn jemand etwas weiß und kann! Sie staunen nicht schlecht, wenn Margrit ihnen zeigt, wie man diffizilere Probleme, etwa den Ausbau einer Gangschaltung, bewältigt. Aber auch im Unterricht in der Klasse zählt die fachliche Kompetenz mehr als dies lange Zeit angenommen wurde. Wenn Schülerinnen und Schüler definieren sollen, was für sie *guten Unterricht* ausmacht, so ist die Fachkompetenz der Lehrperson neben einer positiven Beziehung der wichtigste Faktor. Selbst Beziehungen können in einem bestimmten Maß über die Fachlichkeit angebahnt werden.

Die Werkstätten scheinen mir auch auf ganz besondere Weise vor heftigen Vibrationen geschützt. Vielleicht sind sie elastischer, nachgiebiger und aufprallende Energien verpuffen angesichts der Dimensionen der Natur im Grünwerk oder verirren sich zwischen den Speichen eines Rades in der Bike.

Auch die Türe zum Atelier ist so eine Schranke. Man macht sie hinter sich zu und atmet den Geruch einer Farbe, die mit Salbeiöl versetzt ist. Es ist der Platz, den ich neu einrichten konnte. Der Raum ist hell, der Blick wandert frei über die Bäume in Richtung der Berge. Leinwände und Stille. An diesem Ort bin ich gern. Das Atelier war überhaupt ein zentraler Grund dafür, dass ich an den Jagdberg gekommen bin. Die Aussicht auf einen eigenen Raum für das Malen, einen Raum mit Licht und mit Staffeleien, diese Aussicht war ein Joker in den Händen von Laurent.

Bevor ich an den Jagdberg kam, habe ich zig Jahre lang mit Schulkindern im Keller gemalt. Wir haben alte Pinnwände zu stehenden Arbeitsplätzen an die Wände montiert, das Malmaterial wurde vom Direktor en gros von einem Lehrmittelvertreter bezogen. Große bunte Flaschen waren das, herrlich anzusehen. Aber auf dem Packpapier an der Wand ist die Leuchtkraft der Farben zu einem matten Schleier verkommen, und die Pinsel haben ihre Haare verloren, obwohl sie neu so schön ausgesehen haben mit den weißen Plastikgriffen mit rotem Ring. »Kleine Matrosen, auf, wir malen das Meer und die Schiffe und die Welt!« Dann sind im Meer die Haare geschwommen und die Pinsel haben sich gebogen und aufgegeben bei der ersten Berührung mit dem Nass. An eine Linie war dann sowieso nicht mehr zu denken.

Dieses Problem mit Pinseln und Blättern und Farben verfolgte mich schon seit meinen ersten Malversuchen. Im Kindergarten gab es für die kleinen Zeichnungen A4-Blätter, die hinten vollgeschrieben waren, und die dicken Buntstifte spitzte man in der Spitzmaschine soweit herunter, dass sie selbst für die kleine Hand eines Kindergartenkindes nicht mehr zu fassen waren. Der Traum von Hautfarbe oder Pink oder gar Gold und Silber erfüllte sich nie. Selbst Gelb war oft nur spärlich vorhanden, weil alle Kinder viel Gelb brauchten für ihre Sonnen. Für größere Bilder schnitt die

Kindergartentante ein Blatt aus einem alten Tapetenbuch heraus. Dieses Blatt war dann beigegrau und zudem mit Nummerncodes versehen und beim Zeichnen drückte dir das Tapetenmuster seine Prägungen auf dein Vorhaben. Die Striche holperten so abgelenkt mal nach rechts, mal nach links oder versanken hin und wieder in einem Loch. Das Beste, an das ich mich erinnern kann, waren die weißen Kartons aus den neuen Strumpfhosenpackungen meiner Mutter. Neue Strumpfhosenkartons waren zwar leider selten, aber wenn es welche gab, dann war das ein Highlight, beidseitig hochweiß und mit abgerundeten Ecken.

Am Jagdberg fand ich zu Beginn des Schuljahres im Keller noch einen Bestand von altem Material. Es war das Erbe der alten Jagdbergschule und es sah so aus, als hätte man damals für zwanzig Jahre Löschpapier und Tusche gekauft. Es war ein seltsames, ja unheimliches Gefühl, diese Dinge in die Hand zu nehmen und sie zu sortieren. Die Geschichte klebte daran wie Pech, schwer und dunkel. Selbst ich, die ich sonst alles wiederverwerte und kaum etwas wegwerfe, war in dem Moment nur froh, dass diese Tuschen nicht mehr zu gebrauchen waren und ich sie entsorgen konnte. Auch das ein Schnitt, raus damit, alles raus!

Ich konnte also meine durchaus starke Prägung, den sparsamen Umgang mit Materialien betreffend, in diesem Moment ablegen. Ansonsten fällt mir das schwer. Wegwerfen geht eigentlich kaum, Brot sowieso nicht, das ist ein absolutes Tabu. Alte Kästen aus Holz bemale ich neu, und das Papier von Geschenken bewahre ich auf. Das ist auch heute noch stimmig für mich.

Doch es gibt einen Anteil dabei, der auch Dinge verhindert, der eng macht. Um es auf den Punkt zu bringen: Die *Sparsozialisation* reibt sich mitunter an der Möglichkeit des *Groß-Denkens*. Das wurde mir in dem Moment klar, als ich von Laurent den Auftrag erhielt, das Atelier neu einzurichten und als ich nach dem ersten Einkauf mit ein paar Dosen von Grundfarben wieder am Jagdberg antanzte. Ich hatte den Auftrag, an diesem Ort im Interesse der Kinder und in meinem Interesse für Qualität zu sorgen – und das war das spärliche Ergebnis. »Jetzt ist aber Ende mit dem Klorollenbasteln«, verkündete daraufhin Laurent genüsslich. Das *Klorollenbasteln* führte noch zu zahlreichen Gesprächen mit meinen Kolleginnen und wir kamen zu dem Schluss: »Wir alle haben das Beste verdient, die Kinder und wir Lehrpersonen!«

In der Musik war mir dieses Prinzip schon sehr früh klar. Ich fand es beschämend, mit welch niveaulosen Musikstunden die Kinder mancherorts abgespeist wurden. Dasselbe galt auch für den Unterricht in Bildnerischer Erziehung. Meine Einstellung war immer die: Es ist nur das Beste gut genug, alles andere verfehlt nicht nur seine Wirkung – nein, schlechter Unterricht in Bildnerischer Erziehung ist sogar verheerender als gar kein Unterricht. Die Kinder verlieren ihre Freude und ihre kreativen Fähigkeiten. Das ist nicht eine Erfindung von mir, sondern das Ergebnis einer weltweiten Analyse der Qualität künstlerischer Bildung. Es klingt seltsam, aber beim Einkauf von künstlerischen Materialien musste ich diese Orientierung an der Qualität erst noch lernen. Die *Sparsozialisation* stand mir dabei gewissermaßen im Wege.

Unsere Schüler sind jedoch in besonderer Weise abhängig von meiner Vermittlung in Sachen Kunst. Sie hatten in ihrem Leben nicht so oft die Möglichkeit, qualitätvolle Ausstellungen oder Konzerte zu besuchen. Viele sind aufgewachsen mit ein paar Kalenderbildern, die kaum genügen, um von der Kunst ergriffen zu werden.

Ich stellte also fest: »Ich hatte zu klein gedacht, bei diesem Einkauf von Farben, zu eng, zu sparsam, und das sollte sich ändern!« Es lag also alles an mir. Ich spürte in diesem Auftrag auch die hohe Wertschätzung meiner Person. Diese Wertschätzung sollte auch den Kindern zukommen.

Mittlerweile gibt es Staffeleien, neue Schränke, neue Tische und Stühle, einen Lichtraum für Studien von Licht und Schatten, ausgezeichnete Farben und Pinsel, von denen man nur träumen kann. Es gibt ja Menschen, die ins Schwärmen kommen, wenn sie das Wort *Marderhaar* oder *Fehhaar* hören ... Weiters sind Leinwände und Papiere in allen Größen und guter Qualität vorhanden, es gibt eine Fachbibliothek und aktuelle Grafiksoftware, um nur einen Teil der Anschaffungen zu nennen.

Vor allem aber habe ich etwas gefunden: die Lust daran, *groß zu denken.*

Der Direktor und das Team

Die Kunst und das Bemühen um ein lebenswertes Umfeld kann man in der Sozialpädagogischen Schule in vielerlei Formen wahrnehmen. Direktor Laurent spielt dabei eine wichtige Rolle. Laurent hat ein wunderbares Gespür für *Schönheit*, wie ich es nennen möchte. Ohne Laurent wäre das riesige Areal wahrscheinlich noch immer ohne Seele. Wahrscheinlich gäbe es Platten aus Waschbeton, die er ablehnt, und wahrscheinlich gäbe es Kalenderbilder in bunten Rahmen an den Wänden und nackten Rasen zwischen den Gebäuden. Wahrscheinlich würden ein paar uniforme Schülerzeichnungen an Weichfaserplatten gepinnt, und wahrscheinlich wäre die Schulordnung sehr sehr lange und würde sehr oft abgeschrieben.

Direktor Laurent ist eigentlich ein Einzelgänger in der Schullandschaft, einer der unbeirrt seinen Weg im Dienste der Kinder verfolgt. Ein Liebhaber baumloser Regionen und norwegischer Fjorde im hohen Norden. Nichts, das den Blick verstellt. Ein Rothaariger, ein Sucher und Finder und weich und streng zugleich. Seine Zähigkeit hat er vom Leistungssport, den er in seiner Jugend betrieben hat. Ungewöhnlich ist die Kombination mit der Kunst, die ihn beseelt. Sie macht ihn verrückt und glücklich. So hängen in den Gängen der Schule originale großformatige Ölbilder des Malers Richard Bösch. Dicke Ölfarbe, Schicht über Schicht über Schicht, Hochseedampfer der Kunst, schweres Gerät. Im Büro hängen Bilder aus Laurents Privatbesitz, so auch ein blühendes Original von Max Weiler. Die zwei großen Marmorskulpturen *Die Schreitende* und *Der Bote* thronen am Eingang zum Schulgelände. Die Statuen sind Leihgaben des Bildhauers Herbert Albrecht. Als Dank dafür haben unsere Schüler eine Albrecht-Skulptur an einem Autobahnparkplatz fachgerecht gereinigt. Nehmen und Geben.

Was das äußere Erscheinungsbild der Schule angeht, sind wir auch ständig im Gespräch miteinander. Diskussionen über die Pflanzen im Raum, über Stühle oder ein Bild sind häufig. In diesem Punkt ist Laurent außerdem besonders empfindlich, wie sich des Öfteren gezeigt hat. Farben muss man ihm gegenüber immer argumentieren können. »Warum soll ein Blumentopf orange sein? Geht es um die Pflanze oder den Topf?«, fragt er dann. Wenn es um die Pflanze geht, dann hat der Topf still zu sein, also weiß!

A propos Pflanzen: Laurent liebt die *Tulips* von Jeff Koons, nicht nur weil sie in ihrer übergroßen Trivialität jeden Menschen unmittelbar berühren. Sie liegen vor dem Museum von Bilbao wie bunte Chromstahlluftballons für Erwachsene. Alles spiegelt sich in den metallfarbenen, glattpolierten Oberflächen.

Unmittelbar berühren, das will er auch, und das fordert er von seinen Mitarbeitern, die in der Mehrheit Frauen sind. »Frauen sind stärker«, sagt Laurent. Die Frauen haben ihm auch die Stange gehalten in der Umsetzung seiner strukturellen und pädagogischen Neuerungen.

Margrit ist vor zehn Jahren aus einer Hauptschule im Tal mit ihm auf den Jagdberg mitgezogen und hat seither nicht nur ständig unterrichtet, sondern sie zeigt sich daneben auch kompetent in komplexen organisatorischen Angelegenheiten. Ihre Stärke ist der Adlerblick. Margrits Auge entgeht kein offenes Fenster und keine Person im Gelände. Mit dem Aufbau der Bikegarage hat sie in der Schule Neuland betreten, wie Johanna im Grünwerk.

Johanna ist das Korrektiv für den wilden und unbändigen Charakter von Laurent. Sie mahnt zur Ruhe und Johanna geht langsam, wenn alle schnell gehen. Dabei ähnelt sie auch ein wenig Elke, deren unendliche Geduld mit allen Kreaturen bewundernswert ist. Diese drei Frauen bilden den Kern des Teams. Wenn sie in den Anfängen nicht gekämpft hätten wie Löwinnen, wäre das ganze Unternehmen gescheitert. Der Übergang von der Landes-Sondererziehungsschule Jagdberg hin zur Sozialpädagogischen Schule gestaltete sich schwierig, und das nicht nur aus finanziellen Gründen. Die Bedingungen, unter denen Johanna, Elke und Margrit in den Anfängen arbeiteten, waren hart, und dementsprechend wild klingen die Erfahrungsberichte von ersten Unterrichtsstunden, Schulausflügen und Hofaufsichten. Wenn Margrit beim Erzählen ihre rechte Hand hebt und damit in einer ständigen Wiederholung zur Türe zeigt, wenn Margrit den monoton eindringlichen Chor der Schülerstimmen nachmacht, der ohne Unterbrechung skandierte: »Usse! – usse! – usse! – usse! – was so viel heißt wie »Raus!« – dann weiß jeder, wovon sie spricht. »Schwitzen Sie ein wenig?«, fragte einer, dem die Flecken unter den Armen aufgefallen waren. »Ja«, antwortete Margrit. Nicht umsonst bezeichnet Laurent diese drei Lehrerinnen in entspannten Stunden als *die drei saligen Frauen*.

Es gibt auch heute nur wenige Männer an der Sozialpädagogischen Schule. Laurent meinte einmal zwinkernd, dass die Prinzessinnen die Männer immer wieder vertreiben oder erst gar nicht erst einstellen. *Die Prinzessinnen* – so nennt er die jungen Leiterinnen der beiden Exposituren des Hauses, die allerdings im Tal liegen. Somit ist Alltagsautonomie fundamental wichtig für das reibungslose Funktionieren unseres dreiteiligen Betriebes. Nur hin und wieder kommen die Edelfräulein den Berg herauf. *Prinzessin* ist gut, denke ich mir, vor allem wenn die eine Gekrönte sich nicht zu schade dafür ist, auch im Gefängnis zu unterrichten, weil ein schulpflichtiger Jugendlicher dort einsitzt, oder die andere, die ganz junge Prinzessin mit den Rehaugen, immer wieder einen Umgang mit Schülern schafft, die in der Gruppe nicht mehr zu halten sind. Meistens sind es sowieso die Schwierigsten, die einem im Gedächtnis bleiben. Unmittelbar berühren, das können sie alle, angenehm und auch schmerzhaft berühren.

Doch das Team umfasst noch weit mehr Personen. Das Team ist der eigentliche Kern der Sozialpädagogischen Schule. Von ihm geht die gesamte Kraft aus. Ich spüre diese positive Energie und Unterstützung auf vielen Ebenen, angefangen vom Klassenteam über das gesamte Kollegium bis hin zur Sekretärin, den Raumpflegerinnen und den Haustechnikern. Irgendwie ziehen alle am selben Strang. Energien bündeln sich. Nur darum geht hier so vieles vorwärts. Manchmal sind es kleine Gesten, die signalisieren, dass gemeinschaftlich gedacht und gehandelt wird. So findet man beispielsweise an besonderen Tagen gefüllte Weinblätter im Lehrerzimmer, eine türkische Köstlichkeit, als freundliche Geste an die Gemeinschaft. Dann wieder hilft mir ein Haustechniker, eine Stromverbindung für mein Elektroauto zu finden, dem der Saft durch die Inbetriebnahme der Heizung ausgegangen ist. Am schönsten jedoch finde ich die gemeinsamen Feiern, an denen selbstverständlich auch alle teilnehmen. Niemand klinkt sich aus, das ist auch die Erwartung des Hauses.

Manchmal sind die Erwartungen recht hoch, oder besser gesagt ungewöhnlich, wie man aus den Erzählungen über Direktorstage entnehmen kann. Da ist die Rede von Pferderitten, Golfturnieren, vom *Gleitschirm-Fliegen* oder vom *gemeinsamen Bäume-Fällen*. Vor einiger Zeit diskutierten wir über das Fechten oder *Schafe-Scheren* als ein weiteres mögliches Gemeinschaftsvorhaben!

Ich selbst habe das Team erlebt, als Gruppe im rosaroten Plüschgewand mit Trommeln und Hasenohren auf dem Kopf. Es marschierte ein Heer von *Duracell-Wesen* im Takt der Spielzeugtrommeln mit unerschöpflicher Energie durch die Zuschauer im Festsaal. »Always walk, always walk!« – »Never alone, never alone!« Das war die Botschaft der marschierenden Chöre aus Männern und Frauen, in Anspielung auf das Motto unserer Schule *You'll never walk alone*. Vielleicht muss man das gesehen haben, um es zu begreifen.

Dieses Zusammenstehen und Zusammengehen ist auch unabdingbar für die Pädagogik, ganz besonders auch in schwierigen Situationen mit Schülern. Täter kennen, um mit Henri Julius zu sprechen, diesen Moment der Solidarität nicht. Sie kennen keinen Schulterschluss, keine unterstützende Gruppe und keine Wärme. Das ist ihr Schwachpunkt. Deshalb sind wir im Team stark. Der Schulterschluss ist ein Bild, das der Erklärung bedarf, vielleicht kann man dieses Bild am besten begreifen, wenn man sich das Ganze körperlich vorstellt. Schulterschluss zwischen Lehrpersonen bedeutet, in Kontakt sein, sich gegenseitig spüren. Schulterschluss ist die Empfindung, nicht allein dazustehen. Schulterschluss erzeugt Reibung. Reibung gibt Wärme.

Wenn sich in Sachen Schulterschluss nur ein winziger Spalt auftut, dann spüren die Schüler das. Sie nützen das aus, uneinige Erwachsene, orientierungslose Situationen. Sie nützen es aus, um sich Anforderungen zu entziehen und spielen dann ihr eigenes Spiel mit dir. Wenn meine Kollegin zu den Schülern etwas sagt, dann ist das so, Punkt. Ich relativiere das Gesagte vor den Schülern nicht und hinterfrage es nicht. Daher bedeutet Schulterschluss auch immer wieder Sprechen über Situationen und Gefühle, und das ist nicht jedermanns Sache.

Wahrscheinlich ist dies auch ein Grund für die personelle Fluktuation am Jagdberg. Man kann hier arbeiten wollen, aber es ist damit noch nicht gesagt, dass das auch hält. Die Teamorientierung verlangt eine gewisse Selbstlosigkeit, beispielsweise auch was die gegenseitige Unterstützung angeht. Wenn ein paar Kinder in meiner Klasse fehlen, so erfahren das die anderen. Ich kann dann Personalressourcen anbieten. Dasselbe gilt auch für schwierige Situationen mit Schülern. Es gibt immer wieder Zeiten, in denen man dankbar ist für kollegiale Unterstützung. Geben und Nehmen, das ist das Team. Oder wie Margrit vor kurzem sagte: »Wer Team haben will, der muss auch Team sein.« Das bedeutet, jede und jeder muss sich auch aktiv im Team einbringen und das

Gemeinsame unterstützen. Das gute Team, das Wir-Gefühl ist die qualitative Basis unserer Schule. Diese Kraft hat mich in diesem Schuljahr nicht nur einmal getragen.

Luccas erstes Bild

Im Oktober wurde das neu eingerichtete Atelier feierlich eröffnet. Es erhielt den Namen *Zebra*, weil ich annahm, dabei denke jedermann sofort an Schwarz und Weiß. Diese Annahme erwies sich nur als teilweise richtig, denn ich habe im Kollegium erfahren, dass es Leute gibt, die zuerst *Weiß* denken, die sich ein weißes Tier vorstellen, das dann schwarze Streifen bekommt. Wahrscheinlich sind das dann die Maler.

Der Kopf generiert ein Muster, wir sind ikonischer Natur. Von Anbeginn an sind wir Höhlenbewohner, Felsenmaler und unser Sein ist verbunden mit Lascaux und El Castillo, mit dem Wadi Sura und der Höhle der Schwimmer. »Fünfzigtausend Generationen Leben in der Horde haben Spuren in uns hinterlassen«, sagt ein Ethnologe. Und irgendwo existiert ein Schacht, der uns zurückführt in unsere eigene Geschichte. Jeder Mensch trägt seine persönlichen inneren Bilder mit sich, Eindrücke, auf die wir uns mit allen Sinnen einlassen können. Wir können uns zum Beispiel erinnern an die Bilder der Kindheit. Ich liebte es, unter dem Küchentisch meiner Großeltern im Dunkeln zu sitzen und die Großen aus dieser Perspektive zu erleben. Sie waren Stimmen und Füße und ein Geruch. Meistens waren sie ein Geruch. Ein Geruch von nassem Wollstoff oder von Anisgebäck, von Bier oder von Kaffee. Wie könnte man das jetzt malen?

Als Lucca das erste Mal ins Atelier kam, wollte ich ihm diesen Geruch oder dieses Denken näherbringen. Ich wollte ihm erzählen, was die Kunst alles kann. Laurent hat für diese intensive Auseinandersetzung mit sich selbst und der Materie einen eigenen Begriff geprägt. Er sprach vom *Gang in das innere Bergwerk.*

Das innere Bergwerk könnte man vielleicht übersetzen mit einem Zustand der Authentizität oder mit einem Gefühl der Berührung. Die Herausforderung war es nun, Luccas persönliche Themen auch zu finden. Dazu brauchten wir die Sprache.

Ich bat den Jungen, sich mit mir übers Eck an einen Tisch zu setzen, der zunächst noch vollkommen leer war. Ich fragte Lucca, womit er sich denn so beschäftige? Da sah mich der Junge einen Moment lang recht verwundert an. Ich vermutete, er hatte sich irgendwie einen anderen Beginn vorgestellt, vielleicht erwartete er einen Auftrag. Lucca überlegte eine Zeit lang. Sein Blick wanderte zum Fenster, dann weiter zum Waschbecken, dann wieder zurück zu mir und irgendwann meinte er: »Ja – für Geister interessiere ich mich zum Beispiel«. »Aha, für Geister. Die sieht man ja gar nicht. Oder siehst du die?« »Doch«, antwortete Lucca mit einem leichten Zögern in der Stimme. Er sehe sie schon, die Geister. Dabei sah er mich prüfend aus seinen dunklen Augen an, so als wollte er sehen, wie ich nun reagieren werde. »Das ist nichts Eigenartiges«, sagte ich zu ihm. »In der Kunst kann man über alles reden, und es geht nicht um richtig oder falsch. Geister sind auch ein Thema, es gibt ja sogar das Wort *Geist*. Aber es geht sogar noch weiter. In der Kunst kann man auch versuchen, etwas auszudrücken, für das es keine Worte mehr gibt. Hast du deinen Geist schon vor Augen? Weißt du, wie der aussieht?« Lucca setzte sich ein wenig gerader und antwortete mir, dass er ganz genau wisse, wie sein Geist aussehe. So fragte ich weiter: »Kannst du so einen Geist aufzeichnen?« Ich reichte Lucca ein kleineres Blatt Papier und einen Bleistift. Ich war gespannt, ob der Junge bereits eine Vorstellung von diesem Wesen hatte. Nur wenn dies zutraf, konnte ich ihm auch in Bezug auf Format oder Malmittel beratend zur Seite stehen.

Er zeichnete mit krakeligen Linien so etwas wie einen Berg mit Flügeln und mit großen runden Augen und erklärte mir dann, dass dies ein Geist sei, der auf die Kinder aufpasse. Also, so etwas wie ein Schutzgeist oder Schutzengel. Ich erzählte ihm von mir: »Ich habe als Kind über dem Bett so ein Bildchen gehabt, darauf war ein großer weißer Engel abgebildet, der zwei Kinder über eine Brücke führt. Den fand ich immer wunderschön; ich habe mich von ihm beschützt gefühlt. Kennst du dieses Gefühl auch?«

»Ja«, antwortete Lucca leicht verwundert. Ob er es wohl komisch fand, dass ich ihm solche Dinge erzählte? »Jeder hat einmal Angst«, setzte ich fort. »Auch Erwachsene haben Angst, genauso wie Kinder. Vor einem Tier, das unter dem Bett sitzt, hatte ich Angst, oder vor dem Gang in den Keller.« »Oder vor einem Monster«, setzte Lucca fort, »oder dass jemand stirbt.«

»Vor dem Tod haben fast alle Menschen Angst. Aber es gibt auch solche, die schon einmal fast gestorben sind und die erzählen dann, dass es ein ganz wundervolles Gefühl war, dieses Hinübergehen. Sie erzählen von Musik und von einer großen Leichtigkeit. Aber wir leben ja noch, und du bist ein Kind und hast dein ganzes Leben noch vor dir. Und einen Schutzgeist können wir zudem noch malen. Weißt du denn, wie dein Geist aussehen soll?« »Ja«, meinte Lucca, »der ist nicht so durchsichtig wie so ein Engel. Hier ist er rot und da braun und da weiß und besonders groß«, erklärte er mir und zeigte dabei auf seine Zeichnung. »Wie bei den Indianern«, meinte er. »Es ist also ein indianischer Schutzgeist?« »Genau.«

Lucca suchte sich eine große Leinwand aus, dazu Strukturpaste und Sand, dann konnte die Arbeit losgehen. Der Junge zog sich einen der neuen Malermäntel über. Ich muss heute noch schmunzeln ob der Verwandlung, die sich nun vor meinen Augen vollzog. Die Mäntel waren eigentlich Arztkittel, mit Stehkragen und verdeckter Knopflochleiste. Und als Lucca so einen Mantel anzog, sah der Bub plötzlich aus wie ein Mediziner aus Cambridge. Etwas klein war er, drahtig, und eindeutig ein Arzt. Wie beim Kuckucksnest war das. Wie Danny deVito, der vom psychiatrischen Patienten plötzlich zu Dr. Martini wird, und zwar durch die einfache Tatsache, dass ihn McMurphy als Dr. Martini anspricht. Vor mir stand Dr. Lucca Gamon und nicht mehr ein Schüler mit unangepasstem Verhalten oder das Kind von vorhin.

Aber ein Problem gab es noch, nämlich die verdeckten Knöpfe! Lucca, und wie ich später feststellte, noch weit mehr Kinder, ja sogar Jugendliche, konnten diese verdeckten Knöpfe nicht alleine schließen. So bot ich Lucca dann auch meine Hilfe an.

Man muss sich das in etwa so vorstellen. »Das sind schon lästige Knöpfe – diese Ärzte! Darf ich dir helfen?« Mit möglichst weit nach vorne gestreckten Armen, versuchte ich dann, möglichst Abstand und Respekt wahrend, die Knöpfe zuzumachen, zumindest die oberen zwei oder drei. Das andere erledigte sich dann von selbst. Niemals würde ich in unserer Schule einfach zupacken, so wie man das bei eigenen Kindern gewohnt ist. Immer vorher fragen und immer bestmöglich die Privatsphäre wahren. Wenn man sich in solchen Situationen selbst zusieht, ist das manchmal recht komisch. Wir kennen diese speziellen Momente auch in der Lehrerschaft.

Elke hat nämlich ein ähnliches Problem mit den Latzhosen im Grünwerk. Man stelle sich vor, dass manchmal so ein Schüler auch um die 1,80 Meter groß sein kann, und die Träger der Latzhose wollen nicht so richtig mitmachen, verdrehen sich, sind falsch eingestellt, viel zu kurz nämlich, und ziehen die Hose unangenehm in den Schritt. Elke fragt dann auch höflich nach, ob sie helfen darf, mit größtem Respekt, versteht sich, wie die Kammerzofe eines Königs, der nicht merken darf, dass die Situation einer gewissen Komik nicht entbehrt.

Endlich im Mantel angekommen begann Lucca die Leinwand zu bearbeiten. Erst bedeckte er die gesamte Fläche mit Strukturpaste und mit Sand. Eine schorfige Fläche entstand. Dann nahm er den dicksten Pinsel und malte die ersten breiten Linien ohne Zögern und ohne Unterbruch über die Unebenheiten hinweg, schwarz, tiefrot, braun und weiß, dicke Farbschichten, kraftvolle

Bewegungen ohne Angst. Ich zeigte ihm, dass er beim Malen immer wieder zurücktreten sollte.

»Wenn man so nah dran ist, dann sieht man manchmal überhaupt nichts mehr. Dann braucht man Abstand, um wieder einen Überblick zu gewinnen und nachzudenken.« Gemeinsam betrachteten wir, wie der Geist Gestalt annahm, wie ihn jeder Pinselstrich in seinem Wesen veränderte und mit ihm die ganze Umgebung verwandelt wurde. »Immer erfordert eine Linie, die andere und eine Farbe die nächste. Das Wichtigste ist wahrscheinlich, sich immer wieder selbst daran zu erinnern, was man eigentlich darstellen möchte. Den großen indianischen Schutzgeist, den sollst du hervorholen«, sagte ich zu Lucca. »Denk immer wieder daran!«

Allmählich wuchs aus der groben Fläche ein riesengroßer Adler hervor, ein Geistervogel mit ausgebreiteten Flügeln entstand. Mich erinnerte diese Erscheinung an eine Schlussfigur auf einem Totempfahl und Lucca konnte diesen Eindruck teilen. So sprachen wir noch sehr lange über Amerika, die Indianer und über Erd- und Luftgeister und darüber, dass jedes Indianerkind ein eigenes Totem- oder Krafttier erhält, das es im Leben beschützt und stark macht. »Die Kraft des Totemtieres geht in den Menschen über. Welches Tier würdest du denn für dich aussuchen Lucca?« »Einen Adler«, sagte er, »der hat keine Feinde und wenn er von einem Menschen bedroht wird, dann kann er einfach wegfliegen.« »Das ist wunderbar«, meinte ich. Schließlich verließ Lucca mit hoch erhobenem Kopf das Atelier, als würde er den Federschmuck eines Häuptlings tragen.

So war Lucca an diesem Tag Dr. Gamon und später ein großer Indianer. Niemand hatte das vorher gewusst. Was für ein schönes Erlebnis das war! Und bald sollte ich auch Wolfgang wiedersehen, meinen Lebensmenschen.

Wolfgang

Damals im Herbst war alles noch gut mit Wolfgang, und jeden Abend freute ich mich auf das Einschalten des Computers – auf eine E-Mail von ihm, von irgendwoher aus der Ferne. Der Wolf ist Musiker, Pianist, genauer gesagt Jazzpianist und eigentlich so gut wie nie im Land. So waren die E-Mails immer ein wichtiger Teil in dieser Beziehung. Ich habe noch alle Briefe, die ich in den vielen Jahren an Wolfgang geschrieben habe, auch seine Antworten. Seine Antworten waren stets kürzer, aber das liegt vor allem an meiner Maßlosigkeit, was dieses Medium angeht. Auf jeden Fall war das Schreiben von immenser Bedeutung für mich, ein Weg, eine Liebe mit großer räumlicher Distanz lebendig zu halten und um Treffpunkte zu vereinbaren. Sie war wirklich eine Droge, diese Verbindung, Glückshormone im ganzen Körper.

Wolfgang kannte ich im Grunde genommen seit meiner Gymnasialzeit. Er war in der Parallelklasse. Sonderlich aufgefallen ist er mir damals nicht, denn er war eher still, hatte andere Interessen als die Mitschüler, und er durfte nicht Tischtennis spielen. Das habe ich mir gemerkt von damals, dass er nicht Tischtennis spielen durfte, weil man dadurch eine harte Hand bekommt, und dass sie zu Hause keinen Fernseher hatten.

Mit zwanzig besuchte ich einmal eines seiner Konzerte im Jazzhuus in Lustenau. Wolfgang war kaum wiederzuerkennen. Aus dem weichgesichtigen Jungen war ein vollbärtiger und langhaariger Mann geworden. Achtzigerjahre. Fast zugewachsen waren seine türkisblauen Augen von der dichten Mähne. Das Bild von Rasputin erstand vor meinem inneren Auge. Er hat gespielt wie ein Besessener und alles rundherum vergessen. Er hat nur Tee getrunken, damals am Tresen. Dann habe ich Wolfgang sehr lange wieder aus den Augen verloren. Jemand erzählte mir, dass er ein Stipendium in Übersee erhalten hatte.

Fünfzehn Jahre später war ich verheiratet und nicht mehr glücklich. Ich besuchte alleine das Jazzfestival in Montreux. Aus dem dunklen, bärtigen Wolf war ein Strahlender geworden, ein Stern der aufging, wenn er auf der Bühne erschien, und ein Stern, auf den an der Bar die Mädchen warteten. Der Stern trank nun Bier und ich auch. Die kurze Nacht verbrachten wir in einem Hotel im Einbettzimmer. Die Zugfahrt zurück nach Vorarlberg fühlte sich an wie ein Ausbruch aus den Konventionen. Ich hatte kaum geschlafen und war benommen von Körperlichkeit, Alkohol, Rauch und Musik. Die Gedanken der anderen Mitreisenden waren mir egal, aber wahrscheinlich machten die sich gar keine Gedanken über mich, sondern diese Vorstellung existierte nur in meiner aufgedrehten Fantasie. Es folgten unzählige Begegnungen dieser Art. Wann immer es möglich war, traf ich den Wolf auf seinen Reisen. Dazwischen schrieb ich ihm E-Mails – viele.

An: wolf@cs.com
Betreff: ein langsamer film

in einem film, der schon etliche jahrzehnte alt ist, in einem film, in dem die farben allesamt gegen beige wandern und blaue kratzer unentwegt ueber das zelluloid schwirren, in diesem film steht ein mann in der tuere und raucht. sonst nichts. dann, eine frau im rueckenfreien roten kleid tanzt zu einer langsamen musik mit einem anderen mann im weissen anzug. sonst nichts. dann – alle drei gehen durch einen weiten park und gehen ohne ziel nur um des gehens willen. dann – ein anderer mann. er steht vor einem spiegel und raucht. er tanzt mit der frau im roten kleid. was ist, ist die bewegung eines fingers an ihrem ruecken, die platzierung

einer hand, eine leichte neigung nach hier, nach dort … die hand des einen, die hand des anderen, die hand des dritten … meine zeichen, geliebter wolf, stehen alle auf langsamkeit und auf reduktion und auf wiederholung, wie in diesem film, den ich heute abend gesehen habe. ich denke an die feldman-musik, die du mir gezeigt hast, einzelne toene im meer der stille. bildschleifen von unendlicher laenge, keine andere hand an meinem ruecken als die deine … und zwischen der ewigkeit der bilder, denke ich ueber dich nach … du tauchst auf und ab, manches zeigt sich, dreht sich ein wenig in ein klareres licht, konturen sind erkennbar und verschwinden wieder. bilder mit der fluechtigkeit eines regenbogens. es geht schnell vorbei, und es dauert trotzdem lange, wenn man nur noch steht und schaut. ich stehe nur noch, und ich schaue. ich schaue dir zu am klavier, wie du spielst im porgy in wien. ich denke darueber nach, warum dein schlaf oft so unruhig ist, und wohin sie gehen wollen, deine traeume. ich denke darueber nach, wie du dich fuehlst in dieser ersten zeit am morgen, wenn du den ausdruck des fremdseins mit dir herumtraegst, und so fern bist dem tag, den menschen, der sprache. ich denke darueber nach, wie das gehen kann, unsere begegnungen, immer neue hotelzimmer, immer wieder entfernungen und abschiede. was bleibt, ist die sehnsucht.
der abend geht weiter fuer mich mit beckett und saetzen wie diesem: »… im dunkeln hoerte er auch besser, er hoerte die geraeusche, die der lange tag ihm verheimlicht hatte, das gefluester von menschen, zum beispiel, und den regen auf dem wasser.« an dieser stelle ist er leicht fuer mich, dieser beckett, an anderer stelle bleischwer. und lieber als beckett waere mir jetzt dein mund, so einfach ist das manchmal … die literaturnobelpreistraeger wuerde ich jetzt allesamt eintauschen fuer einen langen kuss von dir … aber du, nacht-

fisch, tauchst einfach ab in wien, und ich schlafe alleine hier. morgen werde ich aufstehen, und niemand wird am fenster stehen und rauchen. wie schade ... alles liebe und bis ganz bald, m.

Ich wusste immer, dass ich nicht die einzige Frau in Wolfs Leben war. Es gab zahlreiche, aber von denen sprach er nie. Wenn er über Frauen sprach, dann immer mit dem größten Respekt und es gab niemals eine indiskrete Bemerkung. Auch hatte ich nie das Gefühl, dass ich ihn mit jemandem teilte. Wenn er da war, dann war er ganz da. Aber wenn er weg war, dann war er das mit derselben Radikalität. Keine Verpflichtung, keine Verbindung. Nur Antworten auf meine E-Mails erhielt ich immer: liebevolle Anreden, Infos über Wege und Business und Stücke, die noch geschrieben werden sollten, Erlebnisse aus anderen Ländern. Einmal die Zeile: »Mit dir könnte ich alt werden.« Neue Verabredungen, neue Treffpunkte. Vielleicht hatte Wolfgangs Unruhe und das Bedürfnis nach immer neuen Begegnungen auch mit seinen frühen Erfahrungen zu tun, mit seinem persönlichen Skript oder Drehbuch? Nicht genug bekommen an Zärtlichkeit und Liebe? Oder ist es das Nicht-aushalten-Können einer Nähe auf Dauer? Ich bin auf jeden Fall anders, kann tief tauchen und sehr, sehr lange.

Was ich brauchte, war nur ein Versprechen, eine Zusage von Wolfgang: Dann, wenn es eine Beziehung gibt, die wichtig wird, wichtiger als die zu mir, dann werde ich das erfahren. Das brauche ich, um mich rechtzeitig in Sicherheit bringen zu können, um nicht dumm zu sterben. Diese Zusage war das einzige, was ich hatte und auch verlangte. Mehr nicht. Ich wollte dem Wolf immer zeigen, dass meine Liebe ohne Bedingung trägt. So schrieb ich wie im Traum weiter meine E-Mails und trug die Sehnsucht im Herzen bis zum Tag der nächsten Begegnung.

An: wolf@cs.com
Betreff: ach wolfgang,

... wie ich mich freue ueber deine umgehenden zeilen aus wien, noch mehr als die geschwindigkeit ist es allerdings der klang deiner worte, der mich so gluecklich macht. so warm sind sie, deine saetze, so nah meiner haut, und deine musik ist immer da. jeder anschlag auf dem klavier ein anschlag auf mein herz. zum weinen ist das und zum lachen ...
den film, von dem ich dir geschrieben habe, gibt es uebrigens wirklich – india song von marguerite duras. zwei stunden lang tauchst du in diesen kosmos ein und gehst dann mit anderen augen umher. ein zusammenprall der welten, bis in die nacht hinein india song und dann am morgen wieder die begegnung mit den schuelern. vielleicht ist das vergleichbar mit der musik. du spielst ein konzert und gibst dich dem geschehen hin – ganz. ich kann mir das gut vorstellen, wenn du schreibst du ueberschreitest nicht die grenzen, die grenzen ueberschreiten dich in diesen momenten. dann gehst du an die bar, mischst dich unters konzertpublikum und fuehrst gespraeche. dabei bist du innerlich noch ganz weit weg, irgendwo im india song. wie direkt nach der liebe ... m.
p.s. ich freue mich auf die herbstferien, auf bludenz

Empfindlichkeiten

Der Jagdberg wechselte seine Farben. Der Wald war mit Rotgold durchsetzt und die Schwalben hatten die Ruine längst verlassen. Die Kinder und wir Lehrpersonen mussten uns noch ein wenig gedulden, denn noch waren die Herbstferien nicht da. Mit uns blieben die Raben am Hügel und gebärdeten sich immer menschenähnlicher. Auf dem großen Nussbaum am Straßenrand entdeckte ich zwei von ihnen, ein anderer saß gegenüber auf der Dachrinne des alten Schulhauses. Wie Späher beobachteten sie das Geschehen von zwei Seiten aus. Immer dann, wenn ein Fahrzeug die engen Kurven der Jagdbergstraße herauf kroch, duckte sich einer der Vögel und machte sich bereit. Zuerst glaubte ich, meinen Augen nicht zu trauen. Der Rabe trug eine Walnuss in seinem Schnabel, und exakt in dem Moment, als ein Auto um die letzte Kurve bog, flog er auf, blickte kurz nach unten, und ließ die Walnuss fallen. Was auf diese Weise nicht durch den Aufprall zersprang, wurde mit großer Wahrscheinlichkeit von einem Autoreifen geknackt. Dieses Schauspiel wiederholte sich vielfach, und wer das nicht glaubt, der soll kommen und es mit eigenen Augen ansehen.

Der Haustechniker und die Jugendlichen, die für die Landschaftspflege zuständig waren, hatten alle Hände voll zu tun. Schubkarre um Schubkarre wurde Laub zusammengerecht und zu den Komposthaufen geführt. Stundenlang hörte man den Motor des unsäglichen Laubbläsers heulen und sah den Haustechniker mit Gehörschutz durchs Gelände streifen. Er trieb die wirbelnden Blättern vor sich her, und die Schüler stellten sich einer nach dem anderen an, um auch einmal in den Genuss dieser Arbeit zu kommen. Unser smarter Zivildiener Alexander kurvte mit seinem Scooter zwischen Verwaltung, Haustechnik und Schule hin und her wie Hermes der Götterbote. Von der kleinen erhöht liegenden Bank aus wirkte das Ganze wie eine Filmszene.

Plötzlich tauchte am rechten oberen Rand Matthias mit seinem riesigen Go-Kart auf. Das Go-Kart hatte er selbst in zig Stunden seiner Freizeit zusammengebastelt. Jeden Dienstagnachmittag verbrachte er in der Metallwerkstatt mit Schweißen und Löten. Matthias hatte ein großes Ziel vor Augen: Er wollte mit seinem Boliden am Schulschluss das berühmt-berüchtigte Seifenkistenrennen des Sozialpädagogischen Internats gewinnen. Er blieb kurz im oberen Teil des Geländes stehen. Dann flitzte er in den Schulhof herunter und machte schließlich mit einer kräftigen Bremsung vor einer Gruppe von Jugendlichen Halt.

»Hallo Schleimi«, rief er Lucca zu, und zeigte ihm den Mittelfinger. Lucca schien diese Aktion nicht aus der Fassung zu bringen, denn er grinste nur und konterte mit den Worten: »Hallo Fetter!« Alle taten so, als wäre nichts geschehen und die Dinge nahmen ihren Lauf wie gehabt.

In der Schule sprach ich Matthias und Lucca dennoch auf diese Ausdrucksweisen an und bekam zu hören, das sei doch vollkommen normal. Unter Kumpels würden sie sich immer so anreden. Von Lucca erfuhr ich außerdem, dass er auch in Facebook so angesprochen wurde. *Schleimi* sei sein Spitzname, und er selbst würde auch mit *Schleimi* unterschreiben, rechtfertigte er sich.

Ich versuchte, dem Jungen die Erniedrigung zu beschreiben, die ich mit dieser Anrede verband. Das verstand er auch gut. Die andere Seite der Medaille war jedoch die, dass er nicht nur so beschimpft wurde, sondern sich bereits selbst als *Schleimi* bezeichnete. Ich konnte das nur so lesen, dass Lucca es vorzog, sich selbst herunterzumachen, bevor andere das taten. Dagegen wehren konnte er sich wohl nicht. Vor der Peer tat er so, als wäre das alles okay, ja lustig für ihn.

»Ich möchte aber nicht, dass du dich *Schleimi* nennst, Lucca. Ich möchte, dass du das änderst, in Facebook und auch unter deinen Kollegen. Diese Anrede hat nirgends etwas verloren, du ziehst dich damit nur hinunter. Du bist kein *Schleimi,* niemand ist ein *Schleimi*«, redete ich auf den Jungen ein. »Wenn du Adler gesagt hättest, dann hätte ich das gut verstanden, aber sowas, nein danke.« Lucca hörte mir gut zu. Vielleicht oder hoffentlich spürte er auch mein Engagement für seine Person ... Da kam mir in den Sinn, es gibt doch diese drei Lesezeichen, auf denen die Kernthemen unseres beruflichen Verständnisses stehen. Das gelbe Lesezeichen mit dem Satz: *Sei gut zu dem Gesicht im Spiegel. Immer.* »Ich muss dir dann noch etwas geben«, sagte ich zu Lucca. »Erinnere mich bitte am Ende des Vormittags noch daran.«

Tatsächlich sagte er mir schließlich zu, dass er diesen Namen im Internet löschen werde. Er werde einfach den anderen erzählen, dass die Lehrerin ihm das befohlen hat, meinte er. In diesem Moment wurde mir klar, dass ich mit meiner Vermutung Recht hatte. Lucca war selbst zu schwach, um sich gegen diese Erniedrigung zu positionieren. Er musste mich vor der Peer als Vorwand benutzen.

Damit wurde auch deutlich, dass Lucca in der Gruppe keinen besonders hohen Status einnahm. Er könnte vielleicht, um einen Ausdruck des Gruppenpädagogen Polsky zu verwenden, die Rolle des Laufjungen innehaben. Der *Laufjunge* wird unter anderem beschrieben als kindlich-regressiv, dann auch als jemand, der versucht, sich bei den starken Gruppenmitgliedern durch Dienste wie das Abgeben von Jause oder das Besorgen von Zigaretten einzuschmeicheln, um in Ruhe gelassen zu werden. Damit steht er in der Hierarchie weit unten. Er ist deutlich schwächer als *der Anführer, die Leutnants* oder *die Mitläufer.* Daher tat Lucca wahrscheinlich auch so, als wäre er unempfindlich dieser Beschimpfung als *Schleimi* gegenüber. Das war die eine Seite.

Dann fand ich bei den Schülern auch das Gegenteil davon – eine Hypersensibilität, was den eigenen Namen, die Familie oder insbesondere die Mutter betraf. Oft genügte eine minimale Andeutung oder ein Blick, um die Nerven blank zu legen. Das ging sogar so weit, dass jemand nur noch *M*, anstatt *Mutter* beziehungsweise *Fick deine Mutter* sagen musste, wenn er die Absicht hatte, eine Situation aufzumischen. Das F-Wort davor, überhaupt ganze Worte, waren nicht mehr nötig. *M* genügte vollkommen. Derartige Situationen habe ich an verschiedenen Schulen beobachtet, nicht nur am Jagdberg. Die Ehre der Familie ist ein absolut empfindlicher Punkt. Vielleicht ist es auch nur einfach ein Vorwand, um nicht über sich selbst nachdenken zu müssen. Jemand sagt *M*, und du hast einen Grund, um die Sau rauszulassen – und der andere ist schuld. Das könnte auch sein. Dieses *M* war jedenfalls so ein Schlüssel, ein Trigger, mit dem man das Gegenüber aus der Reserve locken konnte.

Auch wir Lehrpersonen reagieren vermutlich auf bestimmte Triggerwörter. Verbale Übergriffe können sehr schmerzhaft sein. Interessant finde ich dabei die Beobachtung, dass wir diesbezüglich dennoch sehr unterschiedlich sind. Was die eine Person heiß macht, lässt die andere kalt. Wiederum spielt das persönliche Skript eine wichtige Rolle.

So war der Satz *Du kascht grad warta, bis d'fruschtig bischt!* für mich ein emotionaler Volltreffer. Meine Kollegin Margrit empfand das ganz anders. Für sie war der Satz harmlos. Mit ihr hat er nichts gemacht, mit mir schon. Erst im Laufe der Zeit konnte ich, auch schreibend, für mich klären, warum das so war. Tatsache ist, mich trifft anderes als Margrit. Wahrnehmung ist subjektiv. Wir erleben nicht *die* Welt, sondern immer nur *unsere* Welt.

Manche Empfindlichkeiten bleiben uns auch ein Leben lang. Ich zeige beispielsweise eine besondere Sensibilität, wenn es um Namen geht. Mein eigener Name hat mich nämlich als Kind schon sehr beschäftigt. Vor meiner Heirat hieß ich Mitrovic, jetzt heiße ich Simma, nach meinem geschiedenen Mann. Mitrovic wurde so oft falsch ausgesprochen, absichtlich und unabsichtlich, dass mich die Erinnerung daran jetzt noch innerlich aufwühlt.

Mitrovic war ein ungewöhnlicher Name in Vorarlberg. In der Pubertät habe ich begonnen, bei meiner Großmutter Nachforschungen über meine Familie anzustellen. Die spärlichen Informationen, die ich dabei einholen konnte, endeten nach zwei Generationen. Kein großartiger Stammbaum, nur ein paar versprengte Namen von Verwandten, die mir meine Oma in Kurrentschrift zusammengestellt hatte: Theresia Mitrovic, geborene Iby, verehelicht mit Martin Mitrovic, Wagnermeister. Es gab noch acht Geschwister: Johanna, Susanna, Stefan, Anton, Maria, Leopold, Anna, Juliana, alle in Oberwart (Burgenland) geboren. Die Berufe waren Landwirt, Köchin, Hausfrau, Schneiderin ... Auf Großvaters Seite dann die für Vorarlberger Ohren deutlich fremd klingenden Namen: Mitrovic, Stekovits, Horwath – Weinbauern, Zimmerer, Maurer. Das waren die Aufzeichnungen meiner Großmutter. Einfache Verhältnisse, Handwerker. Selbst meinen Vater, der sich sonst nie weitreichende Gedanken über die Familie machte, schien diese Geschichtslosigkeit irgendwie zu beschäftigen. Er zeigt bis heute ein gewisses Faible für Familienerbstücke und schenkte mir zu meinem achtzehnten Geburtstag einen Ring und eine Kette aus Weißgold mit einem echten kleinen Rubin. Das kostete ihn damals ein Vermögen, gemessen an dem niedrigen Einkommen, das er als Angestellter in einem Lebensmittelgeschäft verdiente. Diese Geste war, neben dem Ausdruck der Liebe für mich, auch Vaters Versuch, eine Geschichte zu schaffen, wo es bisher keine gab.

Trotz der dürftigen Ergebnisse meiner Recherchen glaubte ich immer noch an ein Geheimnis, an irgendetwas Besonderes in Verbindung mit meinem Namen, und das obwohl Mitrovic in Vorarlberg eine schwierige Vorgabe war. Im Grunde habe ich schon von klein auf wahrgenommen, dass dieser Name eine Erschwernis bedeutet. Nicht Bösch, nicht Alge, nicht Rhomberg, nein – Mitrovic, ein Roma-Name, Zigeunerherkunft wahrscheinlich, wie Horwath. Oder vielleicht Lovara oder Sinti? Es gab einen Horwath im Ort, der war im Armenhaus. Das war einer, der einen Handwagen durch den Ort schob und jedem dabei zuwinkte. In meiner Jugend habe ich gelesen, dass die Wege der Roma bis nach Rajastan zurückreichen. Was für eine Offenbarung! Es gab also eine Verbindung nach Indien und in meiner Fantasie gab es damit auch eine Verbindung zu Siddharta. Siddharta, dieses erste Buch mit Bedeutung für mich. Bedeutung, endlich Bedeutung.

Geblieben ist mir als Eintrag in meinem Drehbuch bis heute eine auffallende Sensibilität in Bezug auf Ausgrenzungen. Kinder mit fremd klingenden Namen haben noch immer Nachteile. Kinder ohne einflussreiches Elternhaus sind noch immer weniger geschützt. Ein Kind, das Kevin getauft wird, ist von vornherein mehr Ressentiments ausgesetzt, als eines mit dem Namen Johannes. Das wurde mittlerweile auch wissenschaftlich nachgewiesen. Es ist ein Unterschied, ob man als Mitrovic oder als Simma eine Bank betritt. Seilschaften sind Tatsachen.

Was die Vornamen angeht, so glaube ich, dass sie im Grunde genommen die Träume und Sehnsüchte der Eltern zeigen. Der Wunsch nach Modernität oder nach Geschichte, nach Bedeutung, nach etwas Besonderem. Zum Beispiel Marina. Jeder ältere Mensch kennt den Schlager *Marina* von Rocco Granata aus dem Jahr 1959, Marina auf Deutsch oder im italienischen Original. Italien war sowieso das Sehnsuchtsland meiner Eltern, vor allem meines Vaters. Den Strand und das Meer hat er immer geliebt, obwohl er als *Steppenmensch* nie schwimmen ging. Auf der Hochzeitsreise waren meine Eltern das erste Mal wirklich am Meer. Vielleicht bin ich darum eine Marina geworden. Meine Eltern tanzten Rock'n'Roll. Noch heute trägt mein Vater ein T-Shirt mit dem Gesicht des jungen Marlon Brando darauf. Auf alten Fotos sieht er ihm ähnlich, ein bisschen erinnert er mich auch an James Dean. Er war zweiundzwanzig Jahre alt als ich zur Welt kam, meine Mutter einundzwanzig.

Am Schluss dieses Tages überreichte ich Lucca dann das versprochene Lesezeichen, worauf stand: *Sei gut zu dem Gesicht im Spiegel. Immer.* Vielleicht sollte ich Lucca zudem noch erzählen, was sein Vorname bedeutet. Lucca – der Lichte, der mit dem Licht Geborene, der am Morgen Geborene, der Starke. Das sollte er unbedingt erfahren ...

Besuch in einer anderen Klasse

Selten besuchen Lehrpersonen ihre Kolleginnen und Kollegen im Unterricht. Dies ist ein Fehler, denn im Sinne von Teilnahme und Teilhabe ist es ein wichtiger Bestandteil unseres pädagogischen Konzepts. Wenige Tage vor den Herbstferien schien es mir günstig, diesen Schritt zu tun und für einen Vormittag zu Johanna hinüber zu wechseln. So übernahm Elke an diesem Tag meinen Unterricht.

Es war ein seltsames Gefühl, im anderen Schulhaus die Treppe hochzusteigen, obwohl ich alle Kinder vom Sehen kannte. Viele waren auch schon bei mir im Atelier. So gab es durchaus Berührungspunkte. Doch jetzt wechselte ich meine Rolle, und als Besucherin ihrer Klasse war ich ihnen neu. Irgendwie konnte man das in der Luft spüren. Auch ich selbst hatte das seltsame Gefühl, mich in einem fremden Revier zu befinden.

Johanna und ihr junger Kollege begrüßten alle Schüler, dann erklärten sie den Kindern kurz meinen Besuch. Ein paar persönliche Fragen wurden geklärt, anschließend teilten sie das Routineprogramm aus, Wochenpläne mit individualisierten Aufgaben für alle. Es dauerte einige Minuten, bis ich meine Anwesenheit in dieser Klasse als Selbstverständlichkeit empfinden konnte. Erst dann war es mir möglich, mit offenen Augen die Abläufe und die Kinder wahrzunehmen.

Was mir als erstes auffiel, war, dass jedes Kind eine kleine Pflanze neben sich stehen hatte. Das ist wahrscheinlich Johannas gutem Gespür zu verdanken, dachte ich. Denn in dieser Geste war deutlich mehr erahnbar als nur ein Wille zur Dekoration. Eine eigene Pflanze bedeutet auch, dass man sich um etwas kümmern muss. Die Pflanze braucht Pflege, damit sie gedeiht. Sie benötigt Regelmäßigkeit, Aufmerksamkeit, Einfühlsamkeit, Fachkenntnis, ja Liebe. Die Pflanze braucht eine *Care-Haltung. Care* ist eine der Grundlagen unserer Pädagogik – sich um jemanden kümmern. In der Begegnung mit den Pflanzen werden die Kinder zu Gebenden, und sie können auch das Glück des Schenkenden erleben, denn die Pflanze ist etwas Eigenes und Persönliches, ein lebendiges Wesen, das die Zuwendung mit Schönheit dankt.

Immer wieder sollten sich an diesem Vormittag meine Wahrnehmungen vermischen. Sie oszillierten zwischen der Aufnahme von sachlichen Informationen und emotionaler Berührung. Einerseits beobachtete ich Abläufe und fragte nach dahinter liegenden Grundhaltungen. Andererseits nahm ich den Versuch meiner Kollegen wahr, den Kindern ein wohliges Gefühl zu vermitteln. Es ist wohl dieser letzte Punkt, der die Schule am Jagdberg ganz besonders auszeichnet.

Auch in unserer Klasse organisieren wir den Unterricht stark personalisiert und versuchen, Raum für Individualität zu schaffen. Im Unterschied zu vielen anderen Schulen ist dieser persönliche Rahmen bei uns sehr weit gefasst zu verstehen, wie das folgende Beispiel zeigt: Neulich legte ich einem zehnjährigen Schüler in einer Schularbeit das Thema *Schnapsbrennen* vor. Der Hintergrund für diese Entscheidung war simpel. Der Bub hatte seinem Onkel beim Schnapsbrennen geholfen und zur Erklärung eine detailgetreue Zeichnung über diesen Vorgang angefertigt. Somit war es naheliegend, ihm das Thema für eine Vorgangsbeschreibung anzubieten. Sein Interesse war vorhanden, und damit zugleich eine zentrale Basis für das Lernen gesichert.

Bei unseren Kindern ist es besonders wichtig, diesen Punkt zu finden, an dem die Person unmittelbar angesprochen ist. Unterricht, der quasi über die Köpfe hinweg geht, der Inhalte anbietet, die nichts mit dem Schüler selbst zu tun haben, ist meist zum Scheitern verurteilt. Daher muss der Sinn des Lernens in hohem

Maße für die eigene Person erschließbar sein. Jedes Kind hat eigene Interessen und daher sind die Anknüpfungspunkte an die Lebenswirklichkeiten der Kinder ganz verschieden. Den einen interessieren Lastwagen, weil sein Vater Lastwagenfahrer ist, die andere interessiert sich für Papageien, der Dritte fürs Schnapsbrennen. Ich nütze als Lehrerin diese Interessen, denn über welche Textinhalte die Kinder beispielsweise das Lesen lernen, ist für mich nicht von zentraler Wichtigkeit.

Die Schüler müssen ihre Selbstwirksamkeit erfahren können. Sie müssen erleben, dass sie imstande sind, selbst etwas zu bewegen – in der Schule und in ihrem Leben. Wenn ich mich als erfolgreich in Mathematik oder in der Fahrradwerkstatt erlebe, muss ich mir nicht mehr über Gewalt Respekt verschaffen, um ein idealtypisches Beispiel zu nennen. Dass dies ein langer Prozess ist, versteht sich von selbst. Es braucht zahlreiche Erfolgserlebnisse, um einen niedrigen Selbstwert zu verändern.

Nach einiger Zeit gab es wie an jedem Donnerstag in Johannas Klasse die sogenannte *Gesunde Pause*. Es ist jeweils ein Kind für die Organisation verantwortlich, und alle treffen sich dann zum gemeinsamen Essen. Manchmal werden auch Gäste dazu eingeladen. Rituale sind wichtig, sie geben Orientierung und Zusammenhalt. Bei uns im alten Schulhaus waren es im Moment die Gesellschaftsspiele, die wir regelmäßig in den Unterricht einbauten. Margrit steuerte dazu eine wichtige Überlegung bei. Sie wollte nicht, dass die Spiele immer nur gegen Ende eines Arbeitstages angeboten werden, sondern sie sollten eine zentrale Position erhalten, eine eigene Wichtigkeit, genauso wie die Pausen. Sie sind wertvoll, aber nicht jeder braucht sie zur selben Zeit. Die Kinder in unserer Schule machen jeweils dann Pause, wenn es passend ist, nach längeren Phasen konzentrierten Arbeitens zum Beispiel. Pausen, die über eine Schulglocke eingeläutet werden, gibt es keine. So entfällt auch die emotional aufreibende Ansammlung von allen Schülern der Schule in einem Pausenhof. Stattdessen wird individuell, auch in Gruppen, für Bewegung und Entspannung gesorgt.

Johanna ging nie schnell in der Klasse. Sie nahm ganz bewusst Geschwindigkeit heraus. Schülern, die etwas von ihr wollten, bestätigte sie mit einer Geste oder einem Blick, dass sie gesehen wurden. Kurze Wartezeiten auszuhalten, das war manchmal schwer. »We want the world and we want it now!« Unabhängig davon, wo Johanna sich in der Klasse befand, stets hatte sie alle Kinder in ihrem Blickfeld. Das brauchen alle Kinder: Sicherheit, das Gefühl, dass ihnen nichts passiert, weil alles gesehen wird. Zudem ist allen klar, dass auf Störungen reagiert wird. Dieses Prinzip erinnert mich an den Erziehungexperten Haim Omer. Er betont immer wieder die Wichtigkeit der Präsenz von Eltern und Lehrpersonen. Wir brauchen Präsenz auf allen Ebenen, auch weil beispielsweise erhoben wurde, dass 85 % der Schülerinnen und Schüler in Schulen angeben, dass sie sich nicht gegen Übergriffe wehren und niemanden informieren. Als Gründe dafür geben die Betroffenen an, dass sie Angst vor den Tätern haben. Es fehlt ihnen auch der Glaube daran, dass die Erwachsenen wirklich etwas tun.

In der Klasse stand ein Mädchen vom Tisch auf und machte sich einen Tee im Nebenzimmer. Für jedes Kind lag dort die eigene Tee-Wunschsorte bereit. »Wertschätzung, wo immer es geht«, meinte Johanna. Das war ein wunderschöner Moment. Flache Sonnenstrahlen durchfluteten den Raum bis hin zum Bücherregal. Alle Kinder fühlten sich wohl, es war ruhig und es roch nach Orangen. Ein Junge hatte sich ein Buch geholt und legte sich auf die Eckbank. Er stopfte sich ein Kissen unter den Kopf und begann zu lesen. Ach ja – die Eckbank, dachte ich. Dieses Möbelstück muss eine spezielle Anmutung verbreiten, denn auch unsere Schüler wünschten sich eine Eckbank, als die Klasse neu eingerichtet wurde. Das alte Ding aus dem Fundus war ihnen lieber als ein moderner runder Tisch mit höhenverstellbaren Stühlen. Die Eckbank wurde von den Schülern neu aufgepolstert und mit Hilfe des Haustechnikers eingepasst. Lucca machte sogar den Vorschlag, dass jedes Kind ein eigenes Kissen mitbringen sollte. Alle mögen diesen Platz. Vielleicht verbinden die Kinder, so wie ich, mit der Eckbank auch bestimmte angenehme Erinnerungen – wer weiß? Auf jeden Fall verbreitete der Junge, der sich mit dem Buch in diese Ecke verzog, ein Gefühl von Familie. Die Szene wirkte heimelig.

Auf dem Buchdeckel war ein Eisbär abgebildet, der in einer verschneiten Landschaft über einen Baumstamm balancierte. *Seekers* lautete der Titel. Es war ein Buch derselben Serie wie ich dies schon bei Lucca gesehen hatte. Das waren derzeit auch Luccas Lieblingsbücher. Einen Band um den anderen las er von den Seekers, entweder im Lesesessel oder auf der Eckbank. Wenn Lucca ein Buch fertig gelesen hatte, dann wünschte er sich schon wieder das neue, und schrieb am Computer einen Antrag an den Herrn Direktor. *Die neue Staffel*, das war das Zauberwort. Die Bücher wurden auf diese Weise zunächst auf seinen Antrag hin bestellt, bevor sie in der Klassenbücherei landeten, und Lucca wartete dann ungeduldig, bis das druckfrische Exemplar geliefert wurde, er es abholen durfte und dann wieder darin versinken konnte.

Um was ging es in diesen Büchern? Es ging darin um junge Bären, die sich im hohen Norden Amerikas auf die Reise machen, um die sagenumwobene *Letzte Große Wildnis* zu finden. Doch diese Reise ist hart, die Gefahren sind immens. Fremde Reviere müssen durchquert werden. Immer wieder flammt die Angst auf, dass sie nicht ankommen werden im Land ihrer Sehnsucht. Das hat mich berührt, diese Geschichte im Zusammenhang mit einem Jagdbergkind. Was für ein Thema: Sich als Kind aufmachen, um das Sehnsuchtsland zu finden. Den Klang des Neubeginns suchen ...

Gegen Ende des Vormittags wechselte ich mit Johanna und den Kindern in den Garten. Wir standen in der Nähe des alten

Schulhauses. Plötzlich nahm ich wahr, dass sich hinter den Jalousien meiner Klasse etwas bewegte. Wahrscheinlich werde ich von meinen Schülern mit der anderen Gruppe gesehen, dachte ich noch. In dem Moment machte jemand das Fenster auf und rief: »Verräter!« Dann schlug das Fenster wieder zu. War es die Stimme von Lucca? Das Wort meinte mich. Ich war sicher, dass der Ausdruck mir galt. War ich für Lucca zur Verräterin geworden? Was war wirklich los? Ich hatte nur die eigene Klasse verlassen und war auf Besuch zu den anderen gegangen. Eine einfache Geschichte eigentlich und dann eine derart heftige Wirkung. Ich konnte das fast nicht glauben. So ist das wohl: mit den Revieren und den Seekers. Lucca wertete mein Weggehen vielleicht als eine Art Abwendung, im Gegensatz zu einer Zuwendung. Wenn ich jetzt daran denke, dann fällt mir die Bindungstheorie wieder ein, der Hinweis, dass sich Kinder mit unsicherer Bindung mitunter schon verlassen fühlen, wenn die Ferien beginnen, und man dadurch nicht mehr erreichbar für sie ist. Gefühlter Liebesentzug, das war es wohl.

Zurück in der eigenen Klasse flüsterte mir Margrit zu, dass die Angelegenheit mit Lucca in Sachen *Verräter* schon geklärt sei. Ich musste kurz überlegen, ob ich das Thema nicht noch einmal aufgreifen sollte. Ich schaute Lucca zielsicher in die Augen. Er hatte verstanden, was gemeint war. Dann beschloss ich, dass ich es bei diesem Blick belassen wollte. Einem angenehmen Einschwingen auf die Ferien stand nichts mehr im Wege. Alle freuten sich darauf, für eine Woche nach Hause zu kommen. Auch Lucca schien es bestens zu gehen, keine Spur mehr von *Verräter* oder anderen Auffälligkeiten. Er war fröhlich aufgedreht und in Gedanken schon ganz woanders. Er schüttelte mir am Ende des Tages zufrieden die Hand und verabschiedete sich besonders höflich. Dann schnappte er sich sein Infoheft und die Kappe und war weg.

Das war ein ereignisreicher Tag für mich. Noch lange beschäftigten mich die Eindrücke aus der anderen Klasse. Manches schien unserem Unterricht ähnlich, aber dann gab es auch diese kleinen Unterschiede, die mir zunehmend interessanter schienen. Es waren letztlich die Feinheiten, die mir in Erinnerung blieben. Es war das langsame Gehen von Johanna und ihre leise Stimme. Es waren die kleinen Pflanzen und das Licht in einem Teeglas. Es war ein lesender Junge auf einer Eckbank. Daraus entstand die klare Vorstellung von dem, was ich als Erfahrung mitnehmen wollte: Ich wollte das Gefühl einer Heimat schaffen.

Dieses Gefühl trug ich hinein in die Ferien und in eine kurze Begegnung mit Wolfgang.

Jazz

Wolfgang hatte in den Herbstferien einen Auftritt in der Remise in Bludenz. So nah war er selten, nicht mehr wie früher, als er regelmäßig in Lustenau im *Jazzhuus* zu Gast war. Von vierzehn bis zwanzig habe ich gleichsam dort gewohnt, im *Huus*. Das *Huus*, was soviel heißt wie *Haus*, war sozusagen meine zweite Heimat gewesen. All die Eindrücke, die ich als Jugendliche dort gewonnen hatte, sind vielleicht typisch für das Lebensgefühl der Achtzigerjahre, zumindest für eine bestimmte Gruppe von Menschen. Ich denke, die Erlebnisse im *Huus* und im *Verein für Kommunikation und Freizeitgestaltung Chamäleon* haben bedeutende Spuren in meinem Drehbuch hinterlassen. Ich bin durch die Veranstaltungen dort vom Rock'n'Roll der Eltern zur Jazzmusik gekommen, die ich anfangs allerdings grässlich fand. Jeden Freitagabend gab es eine Jazzsession oder ein Konzert. Ich blieb, weil ich nicht nach Hause gehen wollte. Ich blieb, weil ich zu diesen Menschen gehören wollte. Wir zeigten uns kritisch, organisierten Filmnachmittage, Spiel- und Malaktionen. Österreichische und türkische Kinder beklebten gemeinsam große Kühlschrankkartons mit Kleister und Tapeten als Spielhäuser. Der Asphalt wurde mit Straßenkreiden bunt bemalt. Soziales Engagement war wichtig, genauso wie lange Haare, Antiatomdemos und Buttons in allen erdenklichen Sprachen. Wenn ich meine damalige Rolle überdenke, so gehörte ich zu denen, die sich um vieles kümmerten, in der Teeküche, beim Gestalten von Wänden, im Kontakt mit den Menschen. Es scheint mir gar, dass die Eindrücke aus dieser Zeit von prägendem Einfluss für meine spätere Berufswahl waren.

Aus meiner Maturaklasse sind später vier Sonderschullehrerinnen hervorgegangen, darunter auch ich. Soziales Engagement war angesehen. Die Kunst wäre noch eine Alternative gewesen, Wien statt der Pädagogischen Akademie in Feldkirch. Aber es gab niemanden, der mir sagte, wie das ging: Wien und Uni und all das. Daran hat niemand in meiner Familie auch nur gedacht. Matura und Lehrerin war schon viel, und ich selbst wusste trotz klugem Kopf auch nicht richtig, wie man das Studieren anstellte. Studieren und groß denken musste ich für mich erst lernen und verinnerlichen. Erst Jahrzehnte später habe ich das dann nachgeholt, das mit der Kunst und dem Studieren.

Jazzkonzerte besuche ich bis heute, so auch an jenem Freitag im Herbst in Bludenz. Wolfgang, Begegnung und Trennung, karmische Verstrickung würden das manche nennen.

An: wolf@cs.com
Betreff: blue-dance

... wie im film treiben die roten ruecklichter in die schwarze nacht hinaus. durch einen dunklen kanal werden sie aus den bergen herausgesogen, und verblasen und geschuettelt vom foehn schwimmen sie allmaehlich ins unterland. meine augen kleben an zwei einsamen lichtpunkten, die sich immer weiter entfernen und sie traeumen hinueber zu diesem kleinen boot im ozean, das bald schon ins dunkel zurueckfallen wird. schemenhaft, ein déjà-vu ... und es wird sein, dass der foehn die lichter endgueltig loescht und ich den film verlassen muss, wie immer. halb im traum verfliegen die letzten kilometer. ich fahre durch das dunkle ried und sehe mit geschlossenen augen noch lange zwei vergluehenden sternen nach ...
dein geruch ist noch da, allueberall, und wenn ich mich an das analoge zimmer im schlosshotel erinnere, dann muss

ich lachen. ein analoges zimmer, das kann nur jemand sagen, der staendig auf reisen ist und sie alle kennt, die analogen und die digitalen zimmer, die mit schluesseln und die mit karten, die mit fenstern zum oeffnen und die mit klimaanlagen, die mit licht im badezimmer das automatisch angeht, und die mit einem ventilator an der decke ... ich liebe dich analog mein wolf, nicht nur eins und null sondern mit unschaerfe und mit irrationalen zahlen, weinrot und dunkelblau ... irgendwie so, aber genau kann ich das nicht sagen, weil mir die worte abhanden kommen, wenn ich an dich denke. m.

Irritationen rund um eine Neuaufnahme

Die Tage wurden kürzer. Als die Schule wieder begann, war ich grundsätzlich in bester Stimmung. Ich hatte an Sicherheit gewonnen, die Abläufe in der Schule und vor allem die Kinder waren mir mittlerweile vertraut. Vor dem ersten Schultag nach den Ferien hatte ich dennoch seit jeher einen gewissen Respekt. Es lag an diesen Tagen stets etwas Unwägbares in der Luft, das sich irgendwie unangenehm anfühlte. Wie würden die Schüler heute ankommen? Was würden sie aus den Ferien mitbringen? Ich erwartete Müdigkeit durch verschobene Schlafenszeiten, Fernsehaugen, etwas abseits der Routinen und Rituale, daher auch weniger Orientierung durch den Tag. Es war wie bei einer Begegnung mit einem Bekannten, von dem man nicht wusste, wo er die letzten Tage verbracht hatte. Vieles könnte sein ..., mal sehen ... Es war fast so wie die erste Sekunde einer Neubegegnung mit dem Wolf. Dann war alles klar.

Auch mit den Schülern ging alles gut. Der erste Blick in die Augen der Ankommenden bedeutete Entwarnung, der zweite Blick später in der Klasse dann auch Herzlichkeit. Es gab freudiges Erzählen über die Ferien, über Videospiele, Kollegen und Haustiere. Es gab eine angenehme Normalität. Nur Lucca fiel mir auf. Schon die Tatsache, dass er als letzter und ohne Kollegen an der Seite das Internat verließ, war ungewöhnlich. Die Kappe zog er tief ins Gesicht, wo ich es von ihm doch gewohnt war, dass er diese Kopfbedeckung so locker trug, dass man das Gefühl hatte, sie könnte jederzeit herunterfallen. Im Gehen stieß er mit dem Fuß zornig gegen ein paar Kastanien und kickte sie gegen die Wand. Puh, das könnte schwierig werden heute, dachte ich und versuchte daher auch seinen Weg in die Klasse möglichst diplomatisch zu unterbrechen. »Hallo Lucca, warte noch kurz auf mich«, rief ich ihm nach, bevor er im Schulhaus verschwinden konnte. Zumindest reagierte er auf meinen Appell, und ich konnte mich unvoreingenommen nach seinem Befinden erkundigen. »Na du, hattest du angenehme Ferien?«, begann ich ihn Hände schüttelnd zu fragen. »Es geht«, war die knappe Antwort. Ich hatte das Gefühl, es wäre besser, noch nicht sofort zu den anderen zu gehen. Vielleicht half ein kurzes Gespräch, die negative Stimmung abzufangen. So schlenderte ich mit Lucca noch eine Runde weiter ums Schulhaus. Ich erzählte ihm ganz offen meine Beobachtungen, was seine Person anging. Ich fragte ihn, ob ich ihm irgendwie helfen könne. Doch Lucca erklärte nichts und erzählte nichts von Belang. Nur seine Stimme wurde ein wenig weicher, und so begaben wir uns hinauf zu den anderen.

Er ging zu seiner Bank und schleuderte die Mütze unter den Tisch. Beim Erzählen in der Gruppe hielt er sich bedeckt. Er habe in den Ferien viel gezockt, sagte er, sonst eigentlich nichts. Auch im Unterricht fand er keine Aufgabe, die ihn begeistern konnte. Unwirsch schob er alle Vorschläge vom Tisch, und Margrit versuchte gemeinsam mit ihm, auf vielfältige Art und Weise etwas zu finden, das ihm Freude machte. Aber am Keyboard zu starten war ebenso »langweilig«, um Lucca zu zitieren, wie die Rechtschreibportionen, Mathe oder Lesen. Freies Schreiben war auch nicht sein Ding. Schließlich kam die Rede auf den Computer. »Ob er im Internet über Italien recherchieren dürfe«, erkundigte sich Lucca, worauf Margrit und ich einen kurzen Blick der Erleichterung austauschten. Endlich hatte er etwas für sich gefunden.

Er schlurfte nach hinten und begann im Internet zu suchen. Nach etwa zehn Minuten schaute ich wieder bei ihm vorbei und fragte, ob er schon wisse, wie er die Informationen festhalten möchte. »Soll das ein Referat werden oder ein Text in Geschichte oder Deutsch?«, erkundigte ich mich leise flüsternd, sodass die anderen in ihrer Konzentration nicht gestört wurden. Da ertönte laut und deutlich eine computergenerierte Frauenstimme und sagte: »No, grazie! No, grazie!« Alle begannen zu lachen, auch wir Lehrerinnen. Lucca hatte eine Internetseite gefunden, mit der man Italienisch lernen und dazu die Intonation anhören konnte. Daher kam dieses *No, grazie*. Das war die lustige Seite an der Geschichte.

Die andere Seite war, dass Lucca an diesem Tag weiterhin eine unangenehme Hektik verbreitete. Nach dieser Recherche war nämlich wieder Ende der Konzentration. Er wetzte ständig auf seinem Stuhl hin und her, stand auf, musste Wasser trinken, aufs WC gehen, nebenher noch schnell zu Matthias *Dicker* sagen ... Kurz und gut, ich suchte eine Aufgabe, bei der Lucca zumindest die anderen nicht mehr stören konnte. Die Rettung waren, wie schon oft, die Pflanzen. »Oh, beinahe habe ich das vergessen: unsere Pflanzen. Sie brauchen dringend Wasser und auch Dünger nach den Ferien«, sagte ich zu Lucca. »Bitte, sei so nett, und beginn schon mal im unteren Stock mit dem Gießen ...« Das war eine gute Idee, denn die Zahl der Pflanzen im alten Schulhaus ist groß. Lucca war also längere Zeit positiv beschäftigt, noch dazu außerhalb des Klassenraums. Dort konnte er mürrisch die Gießkanne füllen und damit herumgehen, und es störte weiter niemanden. Das einzige, worüber er sich wie ein kleines Kind freute, war der Wassersprüher, mit dem er das Grünzeug ausgiebig in einen feuchten Urwaldnebel einhüllte. Dann mussten wir noch dringend den großen Ficus Benjamini umtopfen, dem es in seinem Gefäß zu eng geworden war. Trotz schlechter Laune konnte Lucca diese Notwendigkeit gut verstehen. Margrit steuerte in der Klasse souverän allein das Schulschiff, und ich war mit dem kleinen Störenfried unterwegs. Irgendwie wurde es Mittag, doch mit recht viel Einsatz unsererseits. Anschließend brauchten wir einen Kaffee. Dabei fragten wir uns natürlich, was wohl mit Lucca los war? So schlecht gelaunt kannten wir den Jungen nicht.

Mit der angekündigten Neuaufnahme konnte das auf jeden Fall nicht in Zusammenhang stehen. Auch hatten wir Lehrpersonen in der Klasse noch mit keiner Silbe diese Neuaufnahme erwähnt. Oder vielleicht war es doch die Neuaufnahme? Denn meistens wissen die Schüler auf unerklärliche Weise deutlich früher als wir Bescheid, wenn ein Neuer oder eine Neue in die Klasse kommt. Das ist fast wie Zauberei. Eine gewisse Unruhe ist grundsätzlich immer damit verbunden.

Ich selbst hielt mich mit diesen Informationen lieber bedeckt und das aus gutem Grund. Ich hatte durch eine unangenehme Erfahrung gelernt, mit Ankündigungen defensiv umzugehen. Manchmal konnte sich nämlich in letzter Sekunde noch etwas ändern, und es ist bei unseren Schülern nicht ganz einfach, sich dann noch zu korrigieren. Das Thema ist eher sensibel; ich bin diesbezüglich ein gebranntes Kind. Es war nämlich so, dass ich einmal eine Turnstunde angekündigt hatte und dann diese Ankündigung nicht einhalten konnte. Das löste bei Dennis eine unglaubliche Verärgerung aus. Er warf mir lautstark vor, ich hätte ihn belogen. Daher versuche ich jetzt sprachlich immer sehr genau zu sein, was Zusagen oder Voraussagen angeht.

Doch nun gab es im Lehrerzimmer Essen. Da kamen andere Gedanken auf. An diesem Tag war unsere Sekretärin mit dem Kochen an der Reihe, und sie verwöhnte uns mit einem wunderbaren Kartoffelgulasch. Das ist übrigens auch so eine Teamstärke. Jeden Montag kocht eine andere Person aus unserem Kreis für alle das Mittagessen. Es war herrlich, einfach am Tisch Platz nehmen zu können. Vergessen war die Anstrengung vom Vormittag.

Elke hatte eine neue Geschichte aus dem Grünwerk mitgebracht. »Stellt euch vor«, sagte sie, »unsere Großen wollen doch tatsächlich den Handwagen vom Grünwerk umstreichen. Er sollte nicht rot sein, sondern grün, war ihr Argument, weil es doch Grünwerk heißt. Das Beste ist, sie möchten auch noch eine Autonummer für das Gefährt basteln.«

Später wurde dieser Wunsch tatsächlich in die Tat umgesetzt. Es war rührend zu sehen, welche Kinderträume in diesen vierzehnjährigen Jungen noch schlummerten. In diesem Falle war es einfach, diese Träume Wirklichkeit werden zu lassen.

Schließlich war es dann soweit mit der Neuaufnahme. Ein Mädchen sollte in unsere Klasse kommen. Sie war fünfzehn Jahre alt und hieß Sonja. Ich war ihre *Primärlehrerin.* Als solche würde ich bei den alle sechs Wochen stattfindenden Standortgesprächen mit ihr, dem Internat und den Erziehungsberechtigten die Seite der Schule vertreten.

Laurent hatte mir vorher schon ein wenig über dieses Mädchen erzählt und ein paar Gründe genannt, warum sie im letzten Pflichtschuljahr noch hierher kommen sollte. Sonja hatte seit Wochen die Schule nicht mehr besucht, nachdem sie über längere Zeit zum Mobbing-Opfer einiger Mitschüler geworden war. Sie ging zunächst ganz normal am Morgen aus dem Haus, aber in der Schule kam sie nie an. Sie verbrachte die Zeit bis zum Ende des Unterrichts in einem Pferdestall und ging dann wieder nach Hause. Natürlich fiel dieses Verhalten bald auf, ein Beratungslehrer und eine Schulsozialarbeiterin wurden hinzugezogen. Doch alles miteinander nützte nur vorübergehend. Dann wurden Sonjas Verweigerungen noch schlimmer. Zum Schluss verließ sie nicht einmal mehr ihr Bett. Sie blieb einfach zu Hause liegen und verweigerte alles. *Zu Hause*, das war in Sonjas Fall eine Pflegefamilie mit zwei weiteren Kindern und sehr netten und rührend bemühten Eltern. Sonjas leibliche Mutter lebte im Altersheim. Sie war ein Pflegefall und wurde immer wieder von heftigsten Depressionen geplagt. Ihren Vater kannte Sonja nicht. Die Mutter hat ihr auch nie erzählt, wer ihr Vater ist. Wenn die Sprache auf dieses Thema kam, wurde sie stumm.

Sonja gehörte augenscheinlich zu den Schülerinnen, die ihre Sorgen oder Aggressionen nicht nach außen, sondern nach innen richteten, gegen sich selbst, gegen den eigenen Körper. Es kam an einen Punkt, da schafften die Pflegeeltern es nicht mehr allein. Es belastete sie ungemein, dass das Mädchen trotz aller Zuwendung nun ähnliche Probleme zeigte wie seine Mutter. Daneben gab es zudem noch zwei eigene Kinder, die ebenfalls ihre Aufmerksamkeit benötigten. So suchte die Familie Hilfe.

Im Aufnahmegespräch saß Sonja ruhig da und hörte sich die Erwachsenen alle an. Es sprach zunächst Herr Steinitz, der Bereichsleiter des Internats, dann eine Dame vom Pflegekinderdienst, die Primärerzieherin aus dem Internat, dann der freundliche Mann um die Dreißig, der die Familienarbeit übernommen hatte, Direktor Laurent als Vertreter der Schule und schließlich ich als Lehrerin.

Sonja schien diese ganze Szenerie zu ermüden. Sie saß in sich zusammengesunken in einem breiten Sessel und bewegte sich kaum. Wurde sie etwas gefragt, beschränkten sich ihre Antworten auf ein Minimum. Das Mädchen war auffallend groß, selbst in dieser zusammengefalteten Haltung, und sehr dünn. Sonja hatte keine Einwände und keine Fragen. Sie war ein großes, trauriges Kind.

Am nächsten Tag würde ich Sonja abholen und ihr dann die Schule zeigen. Am Morgen wartete sie bereits vor dem Haus. »Hast du gut geschlafen?«, fragte ich sie. »Eher nicht«, antwortete Sonja. Dabei konnte man ihr ansehen, dass sie vermutlich kein Auge zugetan hatte in dieser ersten Nacht im Internat. Wir spazierten in Richtung des alten Schulhauses. Sonja ging langsam und schweigend neben mir her. Ich selbst sprach vermutlich zu viel und erklärte ihr jede Kleinigkeit am Wegrand, damit die Stille aushaltbar wurde.

Diese Situation änderte sich jedoch schlagartig, als Falk mit Nero um die Ecke bog. Plötzlich kam Leben in Sonja. Sie richtete sich auf und schritt flink auf den Hund zu, fasste ihn mit ihrem dünnen Arm liebevoll um den Hals und begann, über seinen Kopf zu streicheln. Eine Aktion, die durchaus gefährlich hätte sein können, wäre es nicht Nero gewesen, der durch seine Ausbildung an Kinder gewöhnt ist. Bei Sonja wirkte das Ganze jedoch nicht unbedacht, und das war seltsam. Es wirkte so, als hätte sie einen alten Freund wieder getroffen, jemanden, der ihr vertraut ist. Es hatte etwas Schamanistisches an sich. Ich konnte mir in diesem Moment vorstellen, dass sie zu Tieren vielleicht einen ganz besonderen Draht hat und sie auch in einer Metasprache oder so etwas in der Art versteht.

Auf dem Rundgang durch die beiden Schulhäuser erfuhr ich noch, dass Sonja gerne zeichnete, auch das Arbeiten im Grünwerk konnte sie sich vorstellen. Der Einzug in der Klasse gestaltete sich sehr einfach. Wir hatten den Platz in der hintersten Reihe ausgesucht, was auch gut passte, weil Sonja so groß war. Michelle, unsere Königin, verhielt sich friedlich. Sonja war keine Konkurrenz für sie, das spürte sie wohl gleich. Eigentlich hatten wir auch befürchtet, dass Sonja wegen ihrer Größe und ihrem dünnen Körper dumm angemacht würde, aber dem war überhaupt nicht so.

Mit Lucca spielte sie noch eine Partie Schach, und ich hatte den Eindruck, dass sie ihn gewinnen ließ. Auf jeden Fall war das ein erfolgreicher erster Tag in der Klasse. Sonja schien sich bei uns wohl zu fühlen. Für den Unterricht galt im Moment einfach Care. Das Sich-kümmern hatte zunächst Vorrang gegenüber dem Schulstoff und schulischen Leistungen. Was Lucca anging, so dachten wir zu der Zeit noch nicht allzu viel über seine Missstimmung nach. Vielleicht wäre morgen wieder alles anders. Stimmungswechsel wie bei Föhn sind wir ja gewohnt.

Lucca und der Sonnenuntergang

Die Tage vergingen, Luccas schlechte Laune blieb. So könnte man die folgende Zeit in der Klasse umschreiben. Dabei ergab sich gewissermaßen ein Phänomen. Zwei neue Energien erschienen gleichzeitig in der Klasse. Der langsam schwingende Puls kam durch Sonja zu uns. Sie erschien seit ihrer Aufnahme jeden Tag pünktlich wie die Uhr im alten Schulhaus. Sie brachte eine besondere Schwingung mit. Wenn sie eintrat, spürte man eine Art Verfeinerung unter den Mitschülern. Sonja lächelte und die anderen lächelten zurück. Sonja brachte Blumen mit und stellte sie in eine Vase. Alle spürten das, einzig Lucca schien davon unbeeindruckt.

Seine Position in der Mittelreihe wurde zunehmend eine Belastung für alle. Die Luft um ihn herum war elektrisch geladen, selbst wenn Lucca am Arbeiten war. Diese Energie war die Antipode zu Sonjas Ruhe. Das ständige Wetzen und die schnell wippenden Füße gingen allen auf die Nerven. Wo er ging, fiel etwas runter. Wo er stand, wurde etwas weggerückt. Lästig war das, und ich spürte an mir selber, dass ich im Gehen wieder schneller wurde und im Sprechen lauter und damit dieses Aufgekratzte noch weiter vertiefte. Atmen, dachte ich. Langsam – atmen. Es war gut, dass der Klassenraum groß war, denn so konnte man gewissermaßen kleine Inseln der Entspannung schaffen, weit hinten im Lesesessel zum Beispiel, oder mit einem Kopfhörer an einem Keyboard. Selbst Sonja verschanzte sich zeitweise hinter einem Buch. Lucca konnte ja auch nicht dauernd Blumen gießen oder spielen. Das heißt, von uns aus hätte er gerne fünf Stunden lang spielen dürfen, wenn ihm das möglich gewesen wäre und es etwas geholfen hätte. Aber es war ihm nicht möglich. Für eine Einzelbetreuung fehlte uns Lehrpersonen auf Dauer die Kapazität.

Wirkliche Entlastung erhielten wir durch die Werkstätten. Dort schienen andere Gesetze zu herrschen. Gesetze, mit denen Lucca leben und arbeiten konnte und die ihn von seiner inneren Spannung befreiten. Die Rückmeldungen vom Bauernhof gestalteten sich weiterhin positiv. Dort war noch nichts spürbar. Dasselbe konnte ich auch im Atelier Zebra feststellen. Im Atelier konnte ich weiterhin einen guten Zugang zu ihm finden. Lucca war ruhiger, entspannter, fröhlicher. Der Wechsel von der Klasse zu den Werkstätten war auffällig.

Ich kann mich an einen Tag erinnern, an dem er in der Klasse bockig alle Tätigkeiten verweigerte, doch bereits auf dem Weg zum Zebra wurde Lucca gelöster. Suchte er vielleicht vermehrt die Möglichkeit, eine Lehrperson quasi für sich allein zu haben? Im Zebra waren meist nur zwei oder maximal drei Kinder, zu Beginn einer Arbeit war er eventuell sogar allein mit mir. War es das, was ihm gefiel? Oder wollte er einfach andere schulische Arbeiten vermeiden? War er schulisch überfordert und verhielt sich darum so seltsam?

Wir kennen das von vielen Kindern. Manche haben in der Schule große Probleme, sie kommen mit dem Unterrichtsstoff nicht klar, verstehen vieles nicht. Sie schämen sich dann, das vor den anderen auch zuzugeben. In derartigen Situationen kommt es vor, dass Kinder beginnen, sich auffällig zu verhalten. Mit den negativen Aktionen überblenden sie die Schulprobleme. Das Nichts-Können rückt in den Hintergrund, denn alle rundherum sind gezwungen, sich mit dem Verhalten des Kindes zu beschäftigen. Ich würde diesen Gedankengang noch mit Margrit und Elke überprüfen, nahm ich mir vor. Doch jetzt, auf dem Weg zum Atelier war das Problem nicht mehr virulent, denn Lucca wirkte wie verwandelt. Er wurde gesprächiger und lockerer und begann, von sich aus zu erzählen.

Er wisse heute schon ganz genau, was er malen möchte, sagte er. »Das ist aber gut, wenn du schon so klare Vorstellungen hast!«, bestärkte ich ihn. »Ja, da ist so ein Strand, ein großer Strand und da das Meer.« Lucca blieb mitten auf dem Weg stehen. Seine Stimme wurde ruhiger und tiefer. Mit weit ausfahrenden Bewegungen und fernem Blick zeichnete er bedächtig eine weite Landschaft in die Luft. Er schien diese Landschaft tatsächlich vor seinem inneren Auge zu sehen. Dann erklärte er mir, indem er die Richtungen andeutete, sehr, sehr langsam und ganz genau die Lage der Dinge: »Vorne ist der Strand und hinten ist das Meer und über all dem gibt es eine Sonne, die untergeht.« Dann kam er wieder in die Wirklichkeit zurück und wir gingen weiter. »Ein Sonnenuntergang am Meer also?«, fragte ich beeindruckt nach. »Ja, genau«, antwortete Lucca. Ich freute mich. Erinnerungen stiegen in mir hoch. Italien. Cavallino. Ich hatte nun die innere Ruhe wieder, die Gedankenflüge auch zuließ. Der Junge war wieder ganz bei sich, und im Gegensatz zu seinem Verhalten in der Klasse, schien im Atelier oder zumindest auf dem Weg dorthin noch etwas zu gelingen.

Lucca hatte seine persönliche Sprache wieder gefunden – eigene Bilder. Er hatte etwas für sich entdeckt, einen Sonnenuntergang. Es war der Klang in Luccas Stimme, der mich davon vollkommen überzeugt hatte. Ein schwieriges Sujet, dachte ich mir allerdings, und hatte dabei die kitschigen Sonnenuntergänge auf Fototapeten vor Augen und die sinnlose Ansammlung von schrecklichen Sonnenuntergangsszenarien im Internet.

Dabei kann ich mich selbst noch an die Faszination des Sonnenuntergangs am Meer erinnern. Es gibt sogar ein Foto, das mein Vater mit mir inszeniert hat. Dafür hat er ein Schilfrohr ausgerissen und es zwischen die Steine der Mole gesteckt. Ich sitze davor, mit meinen langen Haaren, im Gegenlicht der untergehenden Sonne. Jeden Sommer feierten wir ein Fest am Strand von Cavallino. Drei befreundete Camperfamilien, die Arbeitskollegen meines Vaters samt Anhang, Mit Trainingsanzügen bekleidete Männer, meine Mutter im selbst genähten Frotteekleid. Solange es noch halbwegs hell war, spielten wir Boccia oder Fußball im Sand. Das muss man einmal selbst gemacht haben, sonst hat man keine Ahnung, wie anstrengend das ist. Die Erwachsenen hatten einen Plastikkübel mit Bowle zwischen den Rümpfen eines Katamarans gelagert, damit niemand in der Dunkelheit darüber stolperte. Eine perlend rote Mischung aus Lambrusco, Pfirsichen und wenig Mineralwasser. Oder war es doch Frizzantino? Irgendetwas in der Art – auf jeden Fall viel und nicht teuer. Mit einer Plastikkelle schöpfte man die Bowle in Campingtassen aus Melanin, einem Kunststoff, der das Campinggeschirr nach Porzellan aussehen ließ oder es zumindest tun sollte. Wir Kinder durften höchstens ein oder zwei Früchte probieren, die dann auch ziemlich besoffen schmeckten. Später wurde ein Feuer gemacht, und die Erwachsenen redeten und lachten immer lauter. Es waren wundervolle Abende, mild bis tief in die Nacht hinein. Mit hochgekrempelten Trainingshosen konnte man in das schwarze Meer hinein waten, immer in der Gefahr, dass man auf eine Krabbe stieg oder sich Seetang zwischen den Zehen verwickelte. Glückliche Tage waren das in Italien, alles gut. Eine Basis fürs Leben.

Der Sonnenuntergangswunsch von Lucca war mir nahe. Unser Gespräch über dieses Bild erfüllte mich mit einem Gefühl des gegenseitigen Verstehens. Schließlich zog Lucca den Malermantel an. An diesem Tag war es nicht mehr möglich, ein Arzt zu sein. Die Mäntel waren von der Acrylfarbe gezeichnet, und die roten und schwarzen Spuren erinnerten mich mehr an einen Metzgerbuben als an einen Doktor.

Ich fragte Lucca, ob er so einen Sonnenuntergang am Meer schon einmal erlebt habe. Er bejahte und erzählte mir mit leuchtenden Augen seine Geschichte. Mit Mama und Papa war er einmal am Meer gewesen. Sie haben in einem Hotel mit Swimmingpool gewohnt. Dann war es so, dass sie in der Nacht hinunter an den Strand gegangen sind. Dort haben sie ein kleines Feuer gemacht. »Aber das ist schon lange her«, erzählte Lucca. »Mein Bruder war damals noch nicht auf der Welt. Der ist noch mit den Mücken geflogen«, ergänzte er. »Mein Papa hatte das Handy mit dabei, und wir haben Musik gehört ... Meine Mama hat in den Herbstferien zu mir gesagt, dass wir im nächsten Sommer wieder nach Italien fahren werden, wenn ich ganz brav bin.«

Ach, daher kommt sein Interesse an Italien, schoss es mir durch den Kopf. *Italien* hatten wir doch schon einmal, damals in der Klasse mit diesem *No, grazie!* ... Wenn das so ist, dann brauchen wir diesen Sonnenuntergang unbedingt, war meine Antwort. Ein riesengroßer Bogen Aquarellpapier wurde auf die Holzplatte aufgeklebt, Gouachefarben sollten es sein, Wasser zu Wasser. Das Weiß des Papiers verbreitete die Anmutung eines unberührten Schneefeldes. »Alles ist möglich«, erzählte die leere Fläche. Ich selbst hätte vermutlich noch Angst gehabt davor, den ersten Strich in diese Weite zu setzten. Lucca war da ganz anders. Ihn schienen die Farben zu aktivieren. Er packte die Dosen, öffnete sie mit schnellen Bewegungen und schaufelte sich die bunten Farbhaufen auf eine Palette. Dunkelblau und Schwarz für die Nacht. Er mischte sich ein dunkles Blaugrün, versorgte sich ausgiebig mit Orange für den Himmel und mit Rot und Gelb für die Flammen. Dann ging er genauso vor, wie er mir das erklärt hatte. »Vorne ist der Strand und hinten ist das Meer und über all dem gibt es eine Sonne, die untergeht.« In den rechten Vordergrund setzte Lucca eine kleine Feuerstelle. Zwei Welten leuchteten um die Wette. Die blutrot untergehende Sonne erhellte den Nachthimmel und ein Lagerfeuer glühte am dunklen Strand.

Zum Schluss wollte Lucca noch die Menschen malen, sich selbst, seine Mama und den Papa mit dem Handy, schwarze Silhouetten rund um das Feuer. Aber nun wurde es schwierig. Die Menschen waren nicht gut zu erkennen, besonders vom Vater mit dem Handy blieb kaum mehr übrig als ein langgezogener unförmiger Fleck. Lucca wirkte verzweifelt. So hatte er sich das nicht vorgestellt, und er begann mit der Materie zu kämpfen.

Fast wollte er sein Bild schon aufgeben und die Arbeit verwerfen. Ich versuchte ihm Mut zu machen, Tipps für eine Verbesserung oder Rettung zu geben. »Im Dunkeln erkennt man Menschen und Dinge nicht so deutlich. Das macht es irgendwie spannend, wenn man nicht genau weiß, was da passiert«, meinte ich, »so kommt etwas Unheimliches dazu.« Schließlich leuchtete Lucca diese Erklärung ein. Er malte noch einen Arm an den Körper seines Vaters, dann war er zufrieden. Er konnte das Bild so lassen.

In diesem Moment kam auch Laurent in den Raum. Das macht er öfters, einfach ab und zu mal hereinschauen und sehen, was es Neues gibt im Zebra. Er wollte sich nach den neuen Farben und Leinwänden erkundigen, die ich bestellt hatte. Sein Schlusssatz in Sachen Bestellung ist mir hängen geblieben. Laurent meinte mit einem bestimmten und vielsagenden Ausdruck in der Stimme: »Und übrigens – denke groß!« *Groß-Denken*, da war er wieder, dieser Punkt. Laurent wollte mich daran erinnern. Ich freute mich über die Aufforderung und ich nahm mir vor, es nicht nur beim Einkaufen von Farben zu tun.

Allein im Atelier überprüfte ich dann die Schachteln mit den Farben. Was fehlt? Was möchte ich nachbestellen? Da merkte ich, mit einer Dose Zinnoberrot in der Hand, dass ich in Gedanken in die Kindheit zurückwanderte. Am Sandstrand tauchte am Horizont der Mann mit dem Karren und dem Esel auf. Der Esel hatte einen Strohhut auf dem Kopf. Er blieb direkt neben dem Wasser stehen und der Mann verkaufte seine Melonen. Mein Bruder hatte zweitausend Lire und der klebrige Saft rann ihm über die Brust. Die Schale verfütterte er an den alten Esel. Ich konnte Lucca gut verstehen.

Das Forum und Luccas Verweigerung

Der Winter kam in diesem Jahr Ende November. Die Straßenverhältnisse auf der Autobahn wurden schwieriger. Man kam im Dunkeln in die Schule und fuhr im Dunkeln nach Hause. Elke begegnete der Tristesse mit Orangen und Studentenfutter im Lehrerzimmer. Im Unterricht probten wir mit unseren Schülern für das letzte Forum vor Weihnachten. Damit wurde auch das Wetter zweit- und drittrangig, denn das Forum ist wichtig. Dafür kommen die Klassen aus allen drei Standorten im Festsaal zusammen. In kleinen weißen Bussen reisen die Schüler aus Feldkirch und Wolfurt zu uns ins Stammhaus. Allein schon diese Tatsache macht aus dem Forum etwas Besonderes. Alle sechs Wochen wird der Festsaal für das Forum hergerichtet. Im Geheimen proben die Schülergruppen ihre Präsentationen. Mikrofone werden getestet, allerlei Gerätschaften aufgestellt, dann lässt man die Requisiten wieder verschwinden. Der Beitrag soll geheim bleiben, bis zu dem Moment, wenn alle an ihren Plätzen sitzen.

Doch bis dahin ist noch einige Aufregung durchzustehen. Selbst bei den Proben kommt es vor, dass jemand die Nerven verliert. Alle sehen dich an, und alle sehen dir zu. Du stotterst, kannst deinen Text noch nicht gut genug oder machst die falschen Bewegungen. Es ist schwierig, vor Publikum auf der Bühne zu stehen und einen Beitrag zu leisten. Vielleicht lacht jemand darüber? Unsicherheiten werden manchmal zugedeckt mit Aussagen wie: »Keinen Bock drauf!« Die Ansprüche an sich selbst steigen ins Unermessliche. Die Jugendlichen möchten perfekt sein und cool sein wie ein berühmter Rapper oder *Austria's next Topmodel*. Wenn die Proben im Vorfeld des Forums geschafft sind, ist im Grunde genommen der schwierigste Teil überstanden.

Dann kommt der Weg hinüber ins neue Schulhaus. Margrit setzt auf ein perfektes Timing und auf Vorbereitung. Denn es ist nicht immer leicht, die eigenen Schüler an den Gruppen der Wartenden vorbeizuschleusen. Das Flirren der Nerven ist zwischen den Körpern spürbar. Und wenn flirrende Nerven an flirrenden Nerven vorbeidrängen, dann springt schnell ein zündender Funke über. Für derartige Situationen ist Margrit Spezialistin.

Auf die Minute genau hat sie unser Ankommen im Blick. Nicht zu wenig Zeit dürfen wir vor Beginn der Veranstaltung haben, aber auch keinesfalls zu viel. Zuviel Wartezeit ist Stress pur. Die Sitzplätze werden von Margrit bereits im Vorhinein zugeteilt. Diese Klarheit hilft im Durcheinander des Ankommens. Alles muss mit genügend Zeit im Vorfeld hergerichtet werden. Textblätter, Requisiten, Mikrofone, alles liegt am richtigen Platz. Das gibt Sicherheit.

Erst wenn alle auf ihren Stühlen sitzen und Laurent vor das versammelte Auditorium tritt, lässt die erste Anspannung etwas nach. Jeder hat seinen Platz gefunden. Die Finger nesteln noch immer an der Kleidung herum, aber dann geht's los. Bühne frei.

Matthias, unser Ein-Meter-achtzig-Mann, beeilte sich, auf die Bühne zu kommen. Seinen Text hatten wir beim Stehpult deponiert. Er wurde gefunden, Gott sei Dank. Die anderen fünf stellten sich in einer Reihe auf, noch ein letztes Sortieren der Papierschilder, dann ein Nicken, dann legte er los.

»ottos mops
otto mops trotzt
otto: fort mops fort
otto mops hopst fort
ottos: soso«[1]

---

1 Originalfassung: Ernst Jandl, Ottos Mops

Ein Mops-hopst-fort-Tanz aus Worten begann. Die anderen Kinder hielten jeweils das Schild hoch, auf dem die Worte in Großbuchstaben standen. Volle Konzentration. Manchmal ein Stocken beim Lesen, das Wort nicht gleich gefunden. Matthias las tapfer weiter und Otto wurde zu Ottos und Ottos wurde zu Otto … *Ogottogott*, dachte ich. Aber alles wird gut. Dann folgte die freie Improvisation mit den Jandl-Wörtern. Matthias trat vor die Fünf. Er war der Dirigent. Er zeigte auf die Worte. Die anderen sprachen sie aus. Er war der Chef und genoss diese Situation sichtlich. »otto mops otto mops hopst hopst fort fort mops hopst fort …« Matthias wollte gar nicht mehr aufhören, hatte ich das Gefühl. Es gefiel ihm, die anderen vor sich her zu treiben und den Singsang oder besser Songsong zu hören. Doch plötzlich winkte er ab. Ende, aus. Bravo!

Die Schüler verbeugten sich mit roten Wangen und wanderten zurück an die Plätze. Jetzt konnte man den Weg ja genießen, denn die Aktion war vollbracht. Sie hatten sich etwas zugetraut, nun waren sie mit Recht stolz auf sich selbst.

Nach einem stimmungsvollen Film über einen Ausflug nach Deutschland auf den Spuren der einstigen Schwabenkinder, wurde ein weiterer Programmpunkt angesagt: Der Handwerkerpass.

Die Schülerinnen und Schüler der Expositur Wolfurt waren an der Reihe. Sie berichteten von den Fortschritten in ihrem Projekt *Handwerkerpass*. In diesem Unterrichtsprojekt wurde ein Holzhaus gebaut, in dem zirka zehn Personen bequem sitzen können. Geplant wurde das Modulsystem von einem Lehrer unserer Schule. Es wurde alles in Eigenregie erstellt. Zuerst die Holzelemente, die dann zu Wänden verschraubt wurden, dann das Dach, die Elektroinstallationen, sogar eine Wasserleitung wurde gelegt. Über Monate war das Team mit diesem Projekt beschäftigt. Zum Schluss gab es das wohlverdiente Fest für die Arbeiter und später eine Einladung an alle Klassen. Auf den Fotos und Filmsequenzen sah man stolze Kinder, die ihre Handwerkerpässe mit den aufgelisteten Kompetenzen strahlend in die Kamera hielten. Sie hatten es geschafft, ein richtiges Haus zu bauen! Dafür waren fast drei Monate Einsatz notwendig gewesen, langes Nachdenken über Konstruktionen und Abläufe und vor allem handwerkliches Geschick. Es war kein Spiel, das ist ein wichtiger Punkt. Wir spielen nicht, wir sind im richtigen Leben! Handwerkliche Fertigkeiten brauchen die Jugendlichen, wenn sie einen Job finden oder später ihre erste Wohnung einrichten wollen. Und vor allem ist das Projekt Handwerkerpass ein Erfahrungs- und Erlebnisraum, in dem die Jungendlichen Selbstwirksamkeit erleben können. Sie können im Gegensatz zu Gewaltaktionen auf sehr positive Art und Weise erfahren, dass ihr Tun Wirkung zeigt.

Nach der beeindruckenden Präsentation des Handwerkerpasses sollte der Fixpunkt jedes Forums folgen, *das Blitzlicht.* Im Blitzlicht berichten zwei unserer Schüler über all das, was es in der Schule Neues gibt. Sie erwähnen Anschaffungen, informieren über die Werkstätten, geben wichtige Termine bekannt und Ähnliches.

Und, *Blitzlicht* ist auch Lucca. Lucca war nämlich schon lange mit dabei, er war beinahe schon eine Institution. Er las die Neuigkeiten vom Blatt und es gab stets dasselbe amüsante Spiel: Lucca begann zu lesen und legte dabei eine Geschwindigkeit vor, bei der man das Gesagte kaum auf die Reihe bringen konnte. Er dachte immer: *Schnell lesen, ist gut lesen.* Vor jedem Forum übten wir mit ihm das *Langsam-und-deutlich-Lesen-und-Sprechen.* Aber dann, wenn Lucca auf der Bühne war, las er wie ein Intercity auf der Durchfahrt durch einen Provinzbahnhof.

Laurent wusste das schon im Vorhinein und kündigte Lucca immer mit einem zwinkernden Hinweis auf seine Geschwindigkeit an. »Blitzlicht, präsentiert in altbewährter Weise von Lucca und Andreas.«

Doch Lucca machte keine Anstalten aufzustehen und mit Andreas nach vorne zu gehen. Fast panisch schubste ich ihn an und sagte: »He, Lucca, du bist dran!« Der verschränkte nur bockig die Arme und bewegte sich nicht vom Fleck. Nun griff die Aufregung auch auf die anderen über. »Mach schon!« »Geh Alter!« »Vollidiot!« Die Zeit drängte.

Da ergriff Laurent das Wort: »Ich glaube, wir haben hier noch ein personelles Problem zu lösen, und daher werden wir das Blitzlicht heute an den Schluss setzen. Ihr könnt euch nun freuen auf Bauen mit Kapla.«

Die Situation war zumindest für den Moment gerettet. Laurent hatte versucht, das Problem mit Zeitgewinn zu lösen und somit in Richtung Deeskalation zu arbeiten. In der Gruppe ist das Abwarten manchmal besser als ein vorschnelles Eingreifen, so seine Erfahrung. Durch sein Abwarten wurde im Moment Druck herausgenommen.

Ich mochte die ungewöhnlichen Kapla-Hölzer sehr gerne, doch alles, was nun folgte, ging irgendwie an mir vorbei. Das Problem mit dem Blitzlicht musste schnellstens gelöst werden. »Andreas, kannst du vielleicht ausnahmsweise alles alleine lesen?«, fragte Margrit. Andreas murrte erst ein wenig, dann aber sagte er zu unserer Erleichterung zu. Die Situation war also gerettet, doch innerlich war ich keineswegs ruhig. Gefühle zwischen Verärgerung und Sorge blockierten die Freude über das auf der Bühne Gezeigte. Die Wut der anderen Lucca gegenüber mussten wir auch noch im Blick haben. »Lass ihn einfach«, flüsterte ich Dennis zu.

Schade um die schöne Präsentation! Denn die Kaplas unserer Schule sind wirklich etwas Besonderes. Eigentlich sind es ja Hölzchen für Parkettböden, ungefähr zehn Zentimeter lang, mit denen man zum Beispiel Türme bauen kann. Aber Laurent wollte noch etwas, eine andere Dimension. Er wollte die Hölzer größer, so groß wie einen Roggenweggen wollte er sie haben. Zudem in Leuchtfarbe und dann gleich tausend Stück davon. Das tut was, wenn man mit diesen Kapla-Hölzern baut. Das ist kein Kinderspiel mehr. Wenn du nicht aufpasst, und so ein Holzteil fliegt vom

Turm auf deinen Kopf herunter, dann spürst du was! Darum gibt es auch Helme dazu.

Was man auch nicht glaubt, ist, wie schwer die Dinger sind. So eine Plastikbox mit hundert Stück kann man nur auf einem Transportwagen auf den Schulhof schieben und das nicht allein. Mit den Kaplas entstehen fantastische Dinge. Was das alles sein kann, sahen wir nun in der Powerpointpräsentation und an einem vorbereiteten Modell, das vorsichtig auf die Bühne geschoben wurde. Spiralförmige Gebilde in Neon, Bauten im Stil des Empire State Building, die Zwillingstürme des World Trade Center, dann ein Sarg für Frankenstein und Sternenmuster auf dem roten Volleyballplatz. Trotz der wundervollen Bilder war ich in Gedanken beim Blitzlicht. Der neuerliche Versuch, die Präsentation allein durch Andreas, gelang. Dann war das Forum zu Ende.

Innerlich bebte ich immer noch, doch jetzt mussten wir erst einmal unsere Gruppe zurück in die Klasse begleiten. Ich blieb in Luccas Nähe, damit nicht noch jemand auf die Idee kam, ihn zu sekkieren. Stress hatten wir nämlich vorhin genug. Auch Margrit und Elke wirkten wie vor den Kopf gestoßen. Was war das? Das kannten wir nicht von Lucca, eine Verweigerung im Forum, einfach so, aus dem Nichts heraus. Er verzog sich in der Klasse sofort an seinen Platz, sprach mit niemandem über das, was passiert war. Die anderen Schüler waren recht gut gelaunt, ihr Beitrag war gelungen, und sie ließen ihn in Ruhe. Lucca ging um Viertel vor zwölf unwirsch hinüber ins Internat. Ich telefonierte noch mit Falk, der im Moment auch nicht weiter helfen konnte. Es gab keinen Vorfall in der Wohngruppe, der mit Luccas ungewöhnlichem Verhalten in Zusammenhang zu bringen war.

Anschließend gab es dann für alle Lehrpersonen eigentlich nur noch ein Thema, nämlich Luccas demonstrative Verweigerung. Was wollte der Bub uns damit beweisen? Ich war ratlos. Wir vereinbarten einen Gesprächstermin sofort nach dem Wochenende.

Vals

Am Wochenende konnte ich für einen Tag diese unliebsame Geschichte mit Lucca zur Seite legen, denn am Samstagabend kam ein Anruf von Wolfgang. Telefonate von Wolfgang waren immer sehr selten. Daher war ich sofort hellwach, als ich seinen Namen am Display sah. Dass er in der Schweiz war, wusste ich aus seinem Tourneeplan, und wirklich, sein Anruf kam aus Vals. Vals, ein winziger Ort zuhinterst im Kanton Graubünden, eine Sackgasse tief in den Alpen. Wolfgang war dort zu einem nächtlichen Konzert geladen, mitten am Dorfplatz in einem Zelt, wie er sagte. Anlass war ein weiterer Zubau zur Felsentherme, der in Anwesenheit des Architekten, der Geldgeber und Honoratioren der Gegend feierlich eröffnet wurde. Aber warum der Anruf? Wolfgang hatte ein logistisches Problem. Am nächsten Tag sollte er um sechs Uhr in der Früh am Flughafen in Zürich sein. Das Fahrzeug seines Musikerkollegen hatte jedoch den Geist aufgegeben, auf jeden Fall bewegte sich die Karre keinen Meter mehr weiter und das bei etlichen Minusgraden. »Könntest du uns nicht helfen, Marina?« »Selbstverständlich kann ich helfen«, antwortete ich. »Sag mir nur schnell, wie ich dorthin komme, nach Vals.« Wolfgang gab mir einige markante Namen durch, die allesamt nach einer anderen Welt klangen: Surselva, Flims, Laax, Ilanz. Mit dem Elektroauto konnte ich diese Distanz von vornherein vergessen, das war klar. Schnelle Hilfe war notwendig. Unkomplizierte schnelle Hilfe erhielt ich immer von meinem Bruder. So fuhr ich um zehn Uhr abends mit seinem alten Opel Vectra, der schon an die zweihunderttausend Kilometer auf dem Buckel hatte, los. Die Farbe des Autos war längst nicht mehr rot, sondern mehr ein stumpfes Rosa. Die Autobahn Richtung Chur war wenig frequentiert, schwarz ragten die Berge, die immer näher kamen. Dann die Abzweigung in Richtung Bündner Oberland, dann immer bergan, immer weiter bergan, hinein in das Dunkel. Es begann leise zu schneien. Bald fiel mir auf, dass mir seit längerer Zeit kein Mensch mehr entgegengekommen war. Kurve um Kurve schlängelte ich mich einsam zwischen den dunklen Felsformationen weiter nach oben. Im Lichtkegel der Scheinwerfer tanzten die Schneeflocken. *Shining* – es war wie im Film *Shining*. Schnee und nochmals Schnee und der Berg und unendlich gedehnte Zeit. Die Fahrt ins Nichts dauerte und dauerte. Irgendwann schaltete ich das Radio an, um mit etwas Lebendigem in Verbindung zu bleiben. Nach zwei Stunden kam die letzte enge Kurve und dann lag es vor mir wie ein Wunder, mitten im verschneiten Dorf Vals stand ein Zirkuszelt. Ein bunt erleuchtetes Zirkuszelt, auf das Schneeflocken herabsanken, und durch die Wände tönte Jazzmusik. Was für ein zauberhafter Eindruck das war! Ich stellte das Auto irgendwo am Dorfplatz ab und ging langsam mit noch fremdem Blick hinein zu den Menschen. Wärme, Musik, Gespräche, Champagner, an einem Ort im Nirgendwo. Wolfgang kam von der Bühne herunter und umarmte mich. Er stellte mich seinen Mitmusikern mit den Worten vor: »This is Marina, we know each other since ever.«

Später stiegen wir durch das Dunkel hinauf zum Hotel. Wolfgang sagte, dass er mir noch etwas zeigen müsse. Es war zwei Uhr nachts. Von der Lobby führte er mich durch einen stockdunklen Gang. Es roch seltsam, nach Steinen und Dampf und nach Rosen. Leise, damit uns niemand hörte, schlichen wir Hand in Hand den Wänden aus Bündner Schiefer entlang, hinein in das Innere der Felsentherme. Das heiße Wasser glänzte und lag da wie ein schwarzer Spiegel, umhüllt von Wasserdampf. Liebe am Ursprung der Welt und es roch nach Pfefferminz und nach Rosenblättern.

Das Zimmer war klein und hatte den Charakter einer Koje auf einem Luxusdampfer. In den Schlaf fallen und gleich wieder geweckt werden von einer weiblichen Stimme aus dem Mobiltelefon: »It's time to get up!« Um vier Uhr fuhren wir los in Richtung Zürich. Ich hatte Mühe, mich im Dunkeln auf die Straße zu konzentrieren. Gegen Morgen tauchten dann die ersten Autos auf. Irgendwie kamen wir rechtzeitig am Flughafen in Zürich an. Ein Abschied wie immer, ohne sich noch einmal umzudrehen, denn das bringt Unglück. Oder hat es mit dem Loslassen zu tun? Dann zurück nach Vorarlberg in die Wirklichkeit, und nur noch schlafen, lange schlafen.

Luccas Rückzug

Am Montag holte mich die Geschichte mit Lucca wieder ein. Ich war froh um eine größere Runde von Menschen, mit denen ich mich in Kürze über diesen Jungen beraten konnte. Die Verweigerungssituation schien sich nämlich immer weiter zuzuspitzen. Doch am Vormittag hatten wir noch Unterricht. Hoffentlich ist er überhaupt von zu Hause angereist, fuhr es mir durch den Kopf.

In der morgendlichen Besprechung erfuhr ich dann, dass Lucca im Internat angekommen sei. »Doch seine Laune ist miserabel«, erzählte Falk. »Er hat angekündigt, dass er jetzt auch nicht mehr auf den Bauernhof gehen will.« Das war die nächste Negativmeldung. Lucca hatte diese Arbeit immer sehr gern gemacht. Er liebte Tiere und war schon fast zu einem Mitglied der Familie auf dem Hof geworden. Sein wöchentlicher Einsatz an jedem Donnerstag schien schon allen eine Selbstverständlichkeit, genau wie das Lesen beim Blitzlicht. Wahrscheinlich denkt der Junge jetzt, dass alles egal ist. Vielleicht sieht er nur noch den Weg des Rückzugs aus dieser Misere.

»Was meint er sonst noch dazu?«, fragte ich Falk. »Nicht viel, leider. Er gibt nicht aus, was los ist. Er will einfach nicht mehr hingehen, weil es nervt, sagt er.« Nach dieser Vorinformation war ich eher pessimistisch, was mein Vorhaben am heutigen Tag anging. Lucca war fürs Atelier eingeplant. Mal sehen, was kommt.

In der Klasse erledigte er freudlos ein paar kleinere Aufgaben und verkroch sich dann in den Lesesessel. Genussvoll wirkte das Ganze dennoch nicht, denn ständig blätterte er nach vorne und nach hinten, nahm ein Buch nach dem anderen zur Hand und schien nichts Passendes zu finden. Schließlich machte ich ihm dann doch das Angebot, ins Atelier zu wechseln.

Lucca, der in dieser Situation ansonsten immer mit leuchtenden Augen sehr schnell mit seiner Kappe für den Weg aus der Klasse bereitstand, zeigte heute ein anderes Gesicht. »Ich mag nicht«, meinte er. »Mir fällt heute nichts ein. Ich will lieber in der Klasse bleiben.« »Bist du sicher?«, fragte ich nach. »Ja«, sagte er trotzig. »Na gut, dann kann ich nichts machen, vielleicht ein anderes Mal wieder.«

Ich war enttäuscht ob seiner Reaktion, hatte doch gehofft, dass es mit dem Atelier etwas anderes sein würde. Aber Lucca war verschlossen, vollkommen zu. Er wirkte uninteressiert, so als hätte er keinerlei Beziehung, weder zu diesem Ort noch zu mir. Alles war weg, die Geschichten von den Indianern und von seiner Familie am Meer, das Ringen um sein Bild, alles unwichtig und wie ausradiert. Das tat mir irgendwie im Herzen weh, trotz allem Anspruch an meine Professionalität. Lucca blieb in der Klasse.

Am Nachmittag traf sich dann mein Klassenteam mit Luccas Primärerzieher sowie der zuständigen Fachfrau für die Elternarbeit. Laurent nennt diese Konstellation, *das magische Dreieck*. In dieser Runde wollten wir versuchen, Luccas Rückzug besser zu verstehen. Wir benötigten einen genauen Blick auf Luccas problematische Veränderungen, eine Analyse der Situation. Elke fragte daher nach: »Wann haben die Probleme denn genau begonnen?«

Das war nach den Herbstferien. Vorher gab es ein paar kleinere Zwischenfälle, wie den, als er *Verräter* aus dem Fenster gerufen hatte, oder seine eigene Verunglimpfung als *Schleimi*. Doch zu der Zeit war Lucca in der Klasse noch recht engagiert und in den Werkstätten sowieso.

Nach den Herbstferien hat sich seine Grundstimmung dann nachhaltig verändert. Zunächst ist er in der Klasse ein anderer geworden, mürrisch, unzufrieden, patzig in seinen Antworten.

Auch die Mitschüler waren deutlich genervt durch sein Verhalten. Was jedoch noch funktionierte, waren die Werkstätten. Ich konnte mich erinnern. In der Klasse war es bereits sehr schwierig, aber im Atelier hatte er noch diesen Sonnenuntergang mit der Familie in Italien gemalt. »Auch den Bauernhof besuchte er noch gerne und regelmäßig«, ergänzte Margrit.

Dann folgte diese seltsame Verweigerung im Forum. Heute kam dann noch der Rest dazu: Lucca sagte, dass er nicht mehr auf den Bauernhof will. Am Morgen schlug er auch das Angebot eines Besuchs im Atelier aus.

»Eigentlich hat er nun alles abgebrochen, was er gerne mag, angefangen vom Blitzlicht im Forum bis zu den Werkstätten«, fasste Margrit die Ergebnisse zusammen.

Jetzt wäre es interessant und wichtig, zu wissen, woher diese Verweigerungen kommen. Falk konnte diesbezüglich nicht weiterhelfen. Im Internat gab es keinen Vorfall oder eine andere auffallende Situation, die mit Luccas Rückzug in Zusammenhang stehen konnte. »Vielleicht ist zu Hause etwas Einschneidendes passiert, von dem wir noch nichts erfahren haben«, mutmaßte Elke. »Aber nein – das wäre doch zu ungewöhnlich. Luccas Eltern hätten sich bestimmt gemeldet, wenn etwas vorgefallen wäre«, überlegte sie weiter. Die Elternarbeit wusste dazu wenig Konkretes. Ein Anruf bei Luccas Eltern brachte kaum Licht ins Dunkel. Sie beschrieben ihren Sohn in letzter Zeit zwar als ungewöhnlich mürrisch und launisch, doch ihrer Meinung nach hatte das am ehesten mit der beginnenden Pubertät zu tun.

Nun war guter Rat teuer. Wir hatten keinen einzigen konkreten Anhaltspunkt in der Hand. Was konnten wir tun? Wo sollten wir beginnen? Margrit formulierte schließlich in gewohnt präziser Art ein Einstiegsplädoyer: »Zuerst müssen wir uns ansehen, wo der Junge jetzt in seiner persönlichen Entwicklung steht. Übernimmt er Verantwortung für seine Handlungen? In vollem Ausmaße sicher nicht. Er verweigert sich im Forum, und die ganze Gruppe hat dadurch ein Problem. Lucca agiert noch wie ein kleines Kind. Er sagt seine Mitarbeit in den Werkstätten zu und hält dann nicht durch. Das Tragen von Verantwortung muss er also noch üben und lernen, und auch das Positive daran sehen können. Ich glaube, wir sollten etwas suchen, bei dem er sich diesbezüglich beweisen kann. Etwas, das auch für sein Entwicklungsalter passt.« »Vielleicht einen speziellen Auftrag im Rahmen der Weihnachtsvorbereitungen ...«, überlegte Elke. Das wollten wir im Blick behalten.

Mir kam das Lesezeichen in den Sinn, das ich Lucca aus gutem Grund zugesteckt hatte. Es war der Satz, der auf dem gelben Lesezeichen in türkisfarbener Schrift geschrieben ist: *Sei gut zu dem Gesicht im Spiegel. Immer.* Lucca ist nicht gut zu seinem Gesicht im Spiegel – sein Selbstwert ist niedrig. Um zur Peer zu gehören, verleugnet er sich selbst und erniedrigt sich selbst. In der Klasse können wir Lehrerinnen präsent sein, wenn es um den Schutz vor Beschimpfungen geht, aber gleichzeitig braucht Lucca etwas, mit dem er sich als Person stärken kann. So einen Rahmen sollten wir ihm bieten. Die Schwierigkeit besteht jedoch darin, dass er diesen Rahmen schon hat, zum Beispiel in den Werkstätten, ihn aber jetzt ablehnt. Wir können also nur zusehen, ob er diesbezüglich wieder Fuß fassen kann. Hoffentlich ist es ihm möglich, die Werkstätten wieder neu zu entdecken. Die Schritte dazu muss er jedoch von sich aus setzen. Wir können Lucca nur weiterhin begleiten. Wir können aufmerksam sein, was seine Person angeht.

Was könnten Luccas Erfahrungen sein? Wie ist er aufgewachsen? Was sagt sein Skript? Er ist das älteste Kind in der Familie. Es gibt noch einen kleineren Bruder. Vielleicht ist der eine Art Konkurrenz für ihn?

Mein Skript sagte: »Es muss mit der Liebe zu tun haben.« Lucca ist unsicher, einmal fühlt er sich gehalten, dann wieder nicht. Einmal gibt es Nähe, dann wieder Abbruch. Im Moment können wir wohl nur eines tun, bei unserer Linie bleiben und ihm immer wieder zeigen, dass er gemocht wird, trotz der Verweigerungen.

So konnte ich dieses gemeinsame Gespräch für mich im Moment zusammenfassen, mit einer inneren Ansprache an diesen Jungen:

Lieber Lucca. Eines möchten wir dir klar sagen: *Die Beziehungshand hält.* Trotz all unserer Überlegungen und Analysen wissen wir nicht, was mit dir los ist. Wir vermuten, dass es ein Problem im Bereich deiner Beziehungen geben könnte. Wir können nur eines tun, dir nämlich immer wieder Handlungsangebote machen. Immer wieder werden wir dir die Möglichkeit bieten, dass du wichtige Erfahrungen machen kannst, in der Hoffnung, dass du eines Tages auch einsteigen wirst. So wie du jetzt reagierst, finden wir das nicht gut, aber du wirst immer wieder von neuem ein Angebot von uns bekommen.

Advent und Weihnachten

Neben dem Nachdenken über Lucca gab es in unserer Schule auch Überlegungen für etwas vollkommen anderes: Weihnachten stand vor der Tür, und das sollten alle hier spüren. So wurden Klassen und Gänge für die Adventszeit üppig mit Weihnachtsdekoration bestückt, denn Laurent meinte: »Wenn schon Glitzer, dann richtig!« Margrit und Elke kamen mit einem bis obenhin angefüllten Auto voller Kugeln und Sterne in der Schule an. Sogar ein transparentes Rentier aus Plastik war darunter, groß wie ein Pudel samt Schlitten, in dem eine riesengroße rote Weihnachtskugel thronte. Wir am Jagdberg lieben Rituale und Feste mit Pomp und Gloria, eine Atmosphäre, die alle berührt.

Wir versuchten, das alte Schulhaus in einen neuen Glanz zu tauchen und ein Gefühl von Licht und Wärme zu verbreiten. Die Schüler liebten diese Weihnachtsvorbereitungen, und mit jeder ausgepackten Kugel und mit jedem leuchtenden Stern wuchs ein wenig der Zauber dieser Tage.

Der sonst so fahrige Dennis schälte mit größter Achtsamkeit die dünnen Glaskugeln aus ihrer Verpackung. Er hatte sichtbar Mühe, diese zerbrechlichen Dinge ohne zu viel Druck aus ihren Mulden zu heben. Mit viel Geduld erreichte er sein Ziel. Bevor er die Kugeln an Michelle weitergab, betrachtete er einen Moment lang die schimmernden Oberflächen in seiner Hand. Dennis staunte über das rote Schillern wie über eine ferne Welt. Vielleicht gab es etwas in seiner Kindheit, das in diesem Augenblick in ihm wieder wach wurde, eine schlafende Erinnerung an eine rote Glaskugel oder an brennende Kerzen auf einem Christbaum.

Michelle übernahm die Kugeln und knüpfte geschickt die dünnen Nylonschnüre daran, bevor sie alles in einer Reihe auf einem weichen Tuch auslegte. Ganz genau sollten die Farben zueinander passen, meinte sie. Zu Hause würden sie das nämlich auch so machen; zuerst alles auf ein Handtuch legen, die Farben und Größen zusammenstellen, erst dann konnte man die Kugeln aufhängen. Dennis passte das gut. So war es richtig.

Im oberen Stockwerk war Matthias indessen mit den Kabeln und Zeitschaltuhren beschäftigt, die für die großen Leuchtsterne benötigt wurden. Das war sichtbar sein Metier, Verkabeln und Lichtschaltungen, Männerarbeit eben. Die Sterne selbst schienen ihn eher etwas zu ängstigen. Das dünne, transparente Material, das bei kräftigerem Zugriff sofort einknickte, war nicht sein Ding. Daher legte er die Sterne lieber mitsamt den Schachteln auf Sonjas Tisch ab. Sie befestigte die Sterne mit goldenen Schnüren an den Fensterrahmen, und ihre Körpergröße kam ihr dabei sehr entgegen. Sie brauchte nur einen kleinen Schemel, und Lucca dirigierte sie mal links mal rechts, bis die Sterne wirklich an ihrem optimalen Platz hingen. Diese Sterne waren auch das Erste, das man sah, wenn man die dunkle Jagdbergstraße heraufkam. Sie leuchteten dir entgegen, und sie veränderten etwas im Ankommen. Man hatte das Gefühl, etwas oder jemand sei schon vor einem da.

Für Lucca hatten wir uns zudem etwas Spezielles ausgedacht, eine Aufgabe, die er allein bewältigen sollte, und zwar eine sehr wichtige Aufgabe, eine mit Verantwortung. Elke sagte zu Lucca, dass sie ihn dringend brauche. Sie brauche jemanden wie ihn, einen wendigen, nicht zu schweren Schüler, der es sich auch zutraue, auf eine Stehleiter zu steigen. Sie suche einen Verantwortlichen für die Dekoration des großen Weihnachtsbaumes in der Aula. »Es kommt ein Besuch zur Weihnachtsfeier. Der soll sehen, was wir hier alles fertigbringen«, bemerkte sie nebenbei. Und siehe da, Lucca konnte sich diesen Spezialauftrag vorstellen. »Es muss der allerschönste Weihnachtsbaum zwischen Schlins und

Timbuktu sein«, sagte Elke. »Was ist Timbuktu?«, fragte Lucca. »Eine Stadt in Afrika, tausende Kilometer von hier«, meinte Elke. »Ich stelle mir etwas Einzigartiges vor, keinen Schmuck von der Stange, den man an jeder Ecke kaufen kann und den jeder schon kennt. Wir werden selbst Schmuck basteln, aus Perlen und Pailleten, und vielleicht hast du ja noch eigene Ideen dazu ...«, hörte ich Elke erklären.

So bastelten die beiden, das heißt vor allem Lucca bastelte, weil Elke immer wieder an der Schneidemaschine zu tun hatte oder Listen ausfüllen musste. Nach und nach füllten sich die Schachteln. Man entdeckte darin lange glänzende Ketten, Herzen und Sterne aus silberfarbener Metallfolie und mit Goldstift bemalte Amulette aus Glas. Lucca hatte die Aufgabe, auf die Leiter zu steigen und den Weihnachtsbaum zu schmücken, er allein. Er tat das mit einer unglaublichen Sorgfalt und mit spürbarer Liebe zum Detail. Am Schluss hängte er unzählige Laufmeter Lametta über die Zweige. Es wurde tatsächlich der schönste Weihnachtsbaum zwischen Schlins und Timbuktu.

Nun verbreitete sich ein Gefühl wie im Bilderbuch, eine Anmutung von *Lichtem*, der Geruch einer Weihnachtsbäckerei und ein lange währendes *Glück der fünf Minuten.*

Das alles war nicht selbstverständlich, denn Weihnachten ist eine Zeit, die bei manchen Schülern von großer Nervosität geprägt ist. Das, was alle mögen, Weihnachtsabende, Geschenke, gemeinsames Essen, das versetzte manche Kinder hier am Jagdberg in eine Art Ausnahmezustand. Ich konnte mir denken, dass das auch mit den Erinnerungsbildern zu tun hat, die nicht alle durchgängig von familiärer Harmonie getragen sind. Viele hier kannten das: So riesengroße Erwartungen und so riesengroße Enttäuschungen innerhalb von wenigen Tagen. Dennoch konnte dieses Fest berühren. Eine Glaskugel konnte Augen zum Glänzen bringen und ein Staunen in ein Gesicht zaubern. Waren das wirklich dieselben Kinder? Es waren dieselben Kinder.

Am letzten Schultag vor den Ferien trafen sich schließlich alle Klassen im Festsaal zur Weihnachtsfeier. Elke und ein paar Schüler hatten den großen Christbaum mit Luccas glitzerndem Schmuckwerk in den Saal hinauf getragen. Dort stand er nun, im Zentrum aller Blicke. Das Sujet war allen vertraut: ein geschmückter Weihnachtsbaum mit hellen Lichtern, darunter Geschenke mit Sternenmuster und goldenen Schleifen, zu Hause, irgendwie.

Die Türe zum Festsaal ging auf. Herein kam, zwar zeitlich etwas verspätet, aber thematisch passend, ein stattlicher Nikolaus mit Robe, Stab, Bart und Bischofsmütze. Hinter ihm her hüpfte ein kleiner, schwarzer Krampus. Der Nikolaus schaute ernst und ging mit gemessenem Schritt zur Bühne. Er klappte das heilige Buch auf und begann aus seinem Leben zu erzählen. »Ich wurde geboren als Kind einer wohlhabenden Familie in der heutigen Türkei ...« Dann berichtete der Nikolaus mit getragener Stimme von seinen Wohltaten. Dass er drei zu Unrecht Verurteilte vor dem Tod bewahren konnte und von der Begnadigung eines Betrügers. Niemand im Saal zweifelte daran, dass dieser junge Mann da vorne ein Heiliger war. Man zweifelte selbst dann nicht daran, wenn man genau wusste, dass unter dem Mantel und dem Bart ein Junge steckte, der als eher schwierig galt. Zum Schluss wurden alle Klassenleiterinnen und der Direktor zum Nikolaus gerufen, um ein Geschenk zu empfangen. »Danke, Nikolaus!«

Dann erhielten auch die Kinder ihre Weihnachtsgeschenke. Das war dank eines gemeinnützigen Vereins möglich, der für jedes Kind am Jagdberg eine Summe zur Verfügung stellte. Wir Lehrpersonen kauften mit diesem Geld die Geschenke für unsere Schüler – und zwar ganz bewusst ohne Ausrichtung auf pädagogisch Wertvolles. Wir versuchten einfach, jedem Kind einen persönlichen Wunsch zu erfüllen. So wussten wir um Marken-Shirts und um Parfum, um versteinerte Haifischzähne, um Kochbücher und allerlei andere Preziosen in den Paketen.

Aber wie macht man das eigentlich, ein Geschenk bekommen? Für manche Schüler war das nicht so klar. Es war eher etwas, das man noch lernen musste. Wir hatten in der Klasse über diese Sache gesprochen: »Wenn ihr die Geschenke in die Hand bekommt, dann bedankt ihr euch zuerst. Dann geht jeder damit wieder an seinen Platz. Es soll auch niemand das Geschenk sofort aufreißen, damit sollt ihr warten bis zum Weihnachtsabend. Erst unter dem Christbaum werden die Geschenke ausgepackt.« Das war die Ansage, und Laurent ließ es sich nicht nehmen, vor der Geschenkvergabe dieses Warten auf den 24. Dezember nochmals sehr ausdrücklich zu betonen. »Erst unter dem Christbaum aufmachen«, sagte er mit Nachdruck. Doch ich glaube, insgeheim stellte er sich bereits schelmisch vor, wie die Pakete spätestens im Internat, wenn nicht schon auf dem Weg dorthin, ungeduldig aufgerissen werden.

Jedes Kind kam nach vorne und erhielt aus der Hand des Vereinsobmanns ein Paket. Die Augen strahlten beim Händeschütteln, auch die von Lucca. Für einen Augenblick schien auf jeden Fall etwas Wunderbares gelungen. Fotos wurden gemacht. Manch ein Schüler rüttelte am Platz vorsichtig an seiner Schachtel oder drückte die Finger leicht in das Papier, um wenigstens einen Eindruck von der Beschaffenheit des Verpackten zu erhaschen. Alle Geschenke blieben für die Dauer der Weihnachtsfeier verschlossen, mehr wissen wir nicht.

Laurent bedankte sich beim Verein und den Lehrpersonen für ihre Arbeit, dafür, dass wir mit Herzblut nach diesen Geschenken gesucht hatten. Er verabschiedete alle und wünschte erholsame Ferien.

Für Herzblut würde er sowieso alles tun, sogar wie Joseph Beuys einen toten Hasen durch die Räume tragen, wenn das hilft. Das bestätigte sich wieder einmal, denn zu Hause fand ich in den Neujahrsgrüßen folgende Zeilen:

»Lass dich fallen.
Lerne Schnecken zu beobachten.
Pflanze unmögliche Gärten.
Lade jemand Gefährlichen zum Tee ein.
Mache kleine Zeichen, die »Ja« sagen und verteile sie überall in deinem Haus.
Werde ein Freund von Freiheit und Unsicherheit.
Freue dich auf Träume.
Weine bei Kinofilmen.
Schaukel so hoch du kannst mit einer Schaukel bei Mondlicht.
Pflege verschiedene Stimmungen.
Verweigere »verantwortlich zu sein«. Tu es aus Liebe.
Mach viele Nickerchen.
Gib Geld weiter. Tu es jetzt. Das Geld wird folgen.
Glaube an Zauberei.
Lache viel.
Bade im Mondlicht.
Träume wilde, phantasievolle Träume.
Zeichne auf Wände.
Lies jeden Tag.
Stell dir vor, du wärst verzaubert.
Kichere mit Kindern.
Höre alten Leuten zu.
Öffne dich, tauche ein, sei frei.
Segne dich selbst.
Lass die Angst fallen.
Spiele mit allem.
Unterhalte das Kind in dir.
Du bist unschuldig.
Baue eine Burg aus Decken.
Werde nass.
Umarme Bäume.
Schreibe Liebesbriefe.«

Laurent schickte allen Lehrpersonen die Sätze von Joseph Beuys aus der Documenta 5, 1972. Was für ein wundervolles Manifest, dachte ich. Mehrmals las ich diese berührenden Zeilen von vorne bis hinten durch.

Und – *schreibe Liebesbriefe* habe ich verstanden.

Freiheit für den Wolf

Feiertage mit der Familie, mit Büchern und einer neuen CD von Wolfgang unter dem Weihnachtsbaum. Eine Fahrt in die Schweizer Berge, ein Zurück in Gedanken, jedoch ohne den Wolf. Der war weit weg, so weit, dass man die Entfernung körperlich spüren konnte. Eine junge Tänzerin hatte ihn nach Australien eingeladen, nach Sidney, und dann weiter in den Koala Park auf Philipp Island. Später wird eine Postkarte von dort kommen, mit Koalas darauf und der Erklärung, dass diese Tiere sehr lange auf einem einzigen Baum leben und sich ausschließlich von seinen Eukalyptusblättern ernähren. Bedingt durch die ätherischen Öle würden sie gleichsam immer *stoned* herumgehen und herumhängen und sehr viel schlafen. Ich lebe auch schon sehr lange auf demselben Baum, dachte ich, der Wolf hingegen wechselt von Revier zu Revier.

Er wird mit dieser Tänzerin wahrscheinlich eine Affäre haben, das sind wohl die Tatsachen, die unangenehmen. Aber ich glaube auch, er wird es bei einer Affäre belassen. »Wer soll denn diese lange Geschichte zwischen uns noch aufholen können?«, hatte Wolfgang einmal gemeint. Tief in meinem Herzen habe ich immer daran geglaubt, dass er es eines Tages spüren wird, dass meine Liebe trägt, durch alles hindurch. Bin sicher gebunden und warm gebettet, und Liebe besitzt nicht und lässt sich nicht besitzen. Freiheit für den Wolf!

An: wolf@cs.com
Betreff: das glueck der fuenf minuten

geliebter wolfgang – ich danke dir sehr fuer die neue cd, fuer dieses stueck himmel. deine klaenge fliegen direkt in mein herz, kein entkommen, jeder anschlag ein treffer, manchmal glaube ich, deinen atem zu hoeren zwischen den toenen. eine neue cd, ein neues werk, fruechte der arbeit in der hand, ein wunderschoenes cover, ein booklet mit tiefgruendigen worten – ich danke dir uebrigens fuer das »thanks to marina and her eternal friendship«. das ist wunderbar. das ist es, was mir manchmal fehlt in meinem beruf. du hast als lehrerin nie etwas in der hand, jeden morgen beginnst du von neuem, gehst von neuem in die klasse, sprichst, schreibst, denkst, bist verzweifelt oder lachst, und am abend gehst du nach hause und hast nichts, das sichtbar bleibt. nur ein gefuehl: das war gut heute, oder das war schlecht. manchmal ein tiefes gefuehl des gluecks, oder wie johanna sagt: »das glueck der fuenf minuten.« unterhalten kann man sich darueber wahrscheinlich auch nur mit lehrpersonen, oder vielleicht noch mit krankenschwestern. kein werk, kein sich aufbauendes gebaeude, keine cd, kein geschriebenes buch. vielleicht immer mehr erfahrung, das schon. ein freund hat einmal gemeint, dass wir lehrpersonen zumindest die chance haben, jeden herbst neu zu beginnen. wenn es ein schwieriges schuljahr war, dann kann das kommende vielleicht ganz anders sein. neue karten – neues spiel.

… und unser spiel (das keines ist) wolfgang, wie wuerdest du das bezeichnen, ist es neu oder alt? wir kennen uns seit dreissig jahren und doch gibt es keine gewohnheit. es ist alles so sehr vertraut, und doch muss ich dich immer wieder neu kennen lernen. das viele reisen veraendert dich und manchmal bist du noch ganz weit weg, bist noch auf einem konzert in serbien mit mirco oder im flugzeug oder in einer bar in new york. das ist es ja auch, was ich liebe an dir, du bist der freie vogel, den ich nicht halten kann und der mir

dann lieder vorsingt aus fremden laendern. ein tuch aus dem oman, eine holzkette aus senegal. was wuerde ich tun, wenn du eines tages nicht mehr auf meinem fensterbrett landest, eine entsetzliche vorstellung, wolfgang. mit dir habe ich den augenblick gefunden, zu dem ich sagen moechte, »verweile doch, du bist so schoen«. aber schon faust hatte seine probleme mit diesem satz, und vielleicht sollte ich mir auch nichts bleibendes wuenschen, keine ewigkeit mit deinem geruch im haar … den schmetterling nicht festhalten, denn sonst bleibt sein schillern an den fingern kleben, und seine fluegel taugen nicht mehr zum fliegen … fliege weiter, aber bitte komm wieder, immer wieder … ich umarme dich innig, m.

In meinen E-Mails habe ich immer festgehalten an diesem Traum und über alle Schwierigkeiten hinweg einen milden Schleier gelegt. Kein Wort jemals von Verletzungen oder Trauer oder Wut. Dass der Wolf ein neues Spiel begonnen hatte, das flog mir sehr bald um die Ohren und wie ein Pfeil mitten ins Herz.

An: mar.sim@an.at
Betreff: australia

liebste marina,
danke für deine zeilen, die vielen. bin noch immer in australien und war jetzt ein paar tage mit einer harley unterwegs. was für ein land das ist … amazing! entschuldige auch, dass ich mich nicht gleich gemeldet habe nach deiner mail, doch ich hatte ein paar tage kein internet. anyway, 20./21.1. steht in meinem buch, ich komme am 20. per zug aus saalfelden, also am nachmittag/abend … und sonst? würde mich fast freuen, wenn du dich mal wieder so richtig verlieben könntest, wir bleiben ja sowieso ein paar, so oder so. wolf

Wolfgang hatte sich verliebt, das hatte ich herausgelesen aus seinen Zeilen, und dann noch: »Bitte verliebe dich auch, damit ich dir nicht sagen muss, dass es jemand anderen Wichtigen in meinem Leben gibt.« »Bleib, aber geh!« oder »Geh, aber bleib!« Und wie war das? »Bin sicher gebunden und warm gebettet und Liebe besitzt nicht und lässt sich nicht besitzen.« Was war nun damit? Der Satz stimmte immer noch, und ich sagte mir diese Worte wie ein Mantra vor, immer wieder und wieder, tausendmal und mehr. Aber es blieb der Schmerz. Diesen Schmerz kann niemand von dir nehmen. Entweder er gewinnt oder du. Nur eines trug mich weiter: Ich liebe dieses Leben. Die wenigen Worte von Wolfgang, die man drehen konnte und wenden und dabei keinen Millimeter weiterkam, die behandelten mich wie die Wellen des Meeres. Mal spülten sie mich an Land, dann zogen sie mich wieder zurück in die Fluten. Waren diese Worte nun für mich oder gegen mich: »Wir bleiben ja sowieso ein Paar, so oder so?« War es gar eine hilflose Bitte, ich möge ihn loslassen?

Ich hörte Musik von Morton Feldman, Stücke, die unendlich lange dauern, denn die Zeichen sind weit in die Nacht hinein gesetzt. Nur hie und da ein Blinken, ein Suchen in der Leere, dann ein Zittern, ein fragiler Ton im Schwarz. Über Stunden richtete ich mich ein an einem Tisch mit einem Laptop und einer Tasse Tee. In das Nichts hineinschreiben. Wie kann man je wieder den Anschluss finden an die Welt dort draußen? Wie kann man aus diesem Kokon heraus einen Satz sprechen oder gar ein Gespräch führen? Ich öffnete das Fenster für einen Blick in den Sternenhimmel. Er ist immer fern, immer groß, immer weit, immer weit weg. Was blieb, war ein leeres Feld, ein blinkender Cursor, erst zwei Worte: *lieber wolfgang …*; Traurigkeit und wenig Schlaf.

Das waren die Weihnachtsferien. Als die Schule wieder begann, war ich gewissermaßen froh um ein Leben in einer vorgegebenen Struktur. So begann wieder das Aufstehen vor sechs Uhr und ohne einen zweiten Kaffee am Morgen.

You'll never walk alone

Im Winter war der Weg zum Jagdberg manchmal extrem. Am einen Tag eine einzige Scheußlichkeit, am andern konnte es eine Fahrt ins Blaue werden. Der Start hingegen war immer derselbe, es begann im Dunkeln. Es kam vor, dass ich mich bei Schnee früher auf den Weg machen musste, um pünktlich in der Schule anzukommen. Auf der Autobahn sah man dann wenig bis nichts, nur die Rücklichter der anderen Autos oder das blinkende Gelb der großen Räumfahrzeuge, die wie Monster ihre Bahnen durch den Matsch zogen.

Doch alles konnte auch ganz anders sein. Ich denke an einen kalten und klaren Himmel, an dem sich der Mond abhebt. Nach Feldkirch empfangen dich dann die Berge. Sie fangen dich auf und ziehen deinen Blick hoch hinauf an den Horizont. Du hebst den Kopf, und der Weg gibt dich frei.

So war das an diesem Morgen. Die schweren Gedankenbrocken wurden handlich und klein im Angesicht der Berge. Ich blieb auf dem Autobahnparkplatz stehen und legte die Lasten ab zwischen zwei LKW aus Tschechien. Dann fuhr ich weiter in Richtung Schule.

Einer der Raben saß auf der Skulptur *Der Bote* und nickte mir zu. Der Tag begann gut für mich. Das kann er, der Jagdberg, dich einfach aufnehmen, so wie du bist, und alles andere relativieren.

Beim Eintreten in das Lehrerzimmer hatte ich das Gefühl, am richtigen Ort zu sein und bei den richtigen Menschen. Der große dunkelblaue Schriftzug *You'll never walk alone* erhielt an diesem Tag eine doppelte Bedeutung für mich – eine private und eine berufliche. Zum einen war es ein Gefühl des Getragenseins, das mich an diesem Morgen trotz der Pfeilspitze im Herzen aufgefangen hatte. Auch wenn niemand im Team etwas über mein Privatleben wusste, war es einfach gut zu spüren, dass sie da waren.

Dabei kann ich mich noch gut daran erinnern, dass mir der Schriftzug zu Beginn meiner Tätigkeit am Jagdberg auch Unbehagen bereitet hatte. Vielleicht wegen dem *never. Nie alleine gehen*, das hatte durchaus etwas Bedrohliches für mich. Und zudem fand man diesen Satz überall in unserer Schule: auf der großen Glaswand neben der Eingangstür, als riesengroßes Bild in der Halle, auf manchen T-Shirts von Schülern und Erwachsenen, auf Aufklebern, auf Buttons, auf Mappen. Heute sehe ich das mit anderen Augen, mehr als einen Leitstern und eingebunden in die Gesamtheit der Schule.

You'll never walk alone singen die Lehrpersonen, der Direktor und die Sozialpädagogen am Schulschluss auf der Bühne als Geschenk für die Kinder und ihre Eltern, aus vollem Herzen und aus voller Kehle und nicht ohne Pathos. Am Ende des Schuljahres sollen alle noch einmal die gemeinsame Identität spüren, die Zusammengehörigkeit und die Kraft der Gemeinschaft. *You'll never walk alone* ist unsere Corporate Identity, das Verbindende zwischen allen Menschen am Jagdberg.

Das Lied hat Geschichte. Ursprünglich kommt es aus einem Musical, berühmt geworden ist der Song aber im Fußball durch den Liverpooler Fanblock, den Kop.

»Walk on, walk on
With hope in your heart
And you'll never walk alone
You'll never walk alone, You'll never walk alone.«[2]

Das Lied ist stark. Das Lied ist verbindend. Wenn die Tribünen ganz nah an das Spielfeld herangebaut sind, wenn das Stadion

2 Textauszug aus dem Lied: »You'll never walk alone« von Gerry & The Pacemakers.

bis auf den letzten Platz ausverkauft ist und zum Bersten voll, wenn die Wände aus Menschenkörpern und hochgehaltenen Schals steil aufsteigen und sich im Rhythmus wiegen, dann wird aus einem grünen Rechteck ein Energiefeld sondergleichen. Alles verdichtet sich auf dieser Fläche zu einer singulären Kraft. Diese Kraft relativiert Meinungen, Geschlechter, Haarfarben, Automarken, Kleidung und Bankkonten. Millionen von Menschen sind für ein paar Minuten eine Einheit. Das ist Fußball und das ist der Song. Eine Solidarität von drei Minuten und so intensiv wie eine Nacht an den Niagarafällen. Und was man einen Augenblick lang spüren kann, das hat manchmal Auswirkungen auf ein ganzes Leben. Es ist ein Geruch, den man nie vergisst.

Aufgelöst in Sentimentalität und immer wieder den Tränen nahe legte ich die CD in den Player und drehte auf 14 – *And you'll never walk alone, You'll never walk alone.*

Zu Fußballstadien habe ich sowieso seit jeher ein vertrautes Verhältnis. Fußballstadien verursachen ein bestimmtes Gefühl in mir, etwas zwischen Dazugehören und das Dazugehören nicht aushalten. Ich habe mein *Fußballgefühl* meinem Vater zu verdanken, der mich schon als kleines Kind mit auf den Fußballplatz genommen hat. Ich habe das geliebt. Ganz besonders das FC-Stadion mitten in Lustenau hat mir gefallen, aber nicht weil ich eine besondere Beziehung zu diesem Verein hatte, sondern wegen dem Kiosk. Es war ein Stadion mit einer seitlich geschlossenen Holztribüne mitten zwischen den Wohnhäusern. Von den umliegenden Balkonen konnte man beinahe die Torstangen berühren, so nah stand alles am Spielfeld. Wie in Logen saßen die Leute auf ihren Klappstühlen am Balkon, fußfrei und ohne Eintritt. Es gab auch welche, die hatten ihre Fahrräder an die Stadionmauer gelehnt, von außen versteht sich, und dann standen sie auf dem Sattel des Fahrrades und verfolgten auf diese Weise das Spiel. Es war also ein Privileg, als Kind die neunzig Minuten auf den Holzrosten zu sitzen oder darauf herumzuturnen. Zur Halbzeit gab es eine Limo oder einen roten Erdbeerlutscher um einen Schilling. Twinny und Brickerl, das waren noch weitere Steigerungsstufen. Ganz oben stand Cornetto. Mein Vater kaufte mir auch Cornetto, wenn ich das wollte.

Die Atmosphäre am Fußballplatz war super, mein Vater war ein Held unter Freunden. Er spielte auch im Verein, und das nicht schlecht. Das *Eins des FC* war damals in der Bundesliga.

Ich glaube, den Kindern am Jagdberg geht es ähnlich wie mir damals auf dem Fußballplatz. Wo ihre Eltern Anerkennung finden und sich wohlfühlen, da fällt auch etwas für sie ab. Ein Wir-Gefühl und ein gewisser Stolz und ein Dazugehören. Wenn einer sagen kann: »Mein Vater ist bei der Feuerwehr«, dann hat er schon etwas gewonnen gegenüber den anderen. Luccas Vater war beim Alpenverein. Daher haben wir alle zusammen auch die Bilder im Internet über den Alpenverein angesehen. In diesen Minuten war der Stolz des Buben unübersehbar. Das war er, sein Vater, der mit dem roten Anorak und dem Eispickel in der Hand.

In demselben Maße zieht es dich hinab, wenn deine Eltern hinabgezogen werden, sogar dann, wenn dir gar nicht bewusst ist, was passiert. So gibt es eine Geschichte von meinem Vater, die mir die Eltern sehr lange nicht erzählt hatten. Erst als ich erwachsen war, kam einmal das Gespräch darauf, auf dem Umweg über verschiedene Autotypen. Mein Vater kam mit sechzehn Jahren über einen Feinkosthändler nach Vorarlberg. Er wohnte bei der Familie seines Chefs, und arbeitete in dessen Lebensmittelgeschäft. Mit dem ersten, lange zusammengesparten Geld kaufte er sich mit achtzehn Jahren ein Goggomobil. Das war ein ganz kleines Auto, ein Kleinstwagen, hergestellt in Dingolfing. Es existieren Fotos, da hängen vier junge Burschen an diesem Wagen, mit ausgestreckten Händen und Füßen wie bei einer Zirkusshow. Auf einem anderen Bild heben sie das Auto aus einer Schneewächte hoch und lachen dabei. Die Freude an diesem Goggomobil währte jedoch nicht lange, denn bei einer nahen Kreuzung passierte dann dieser Unfall. Ein älterer, einflussreicher Lustenauer fuhr bei

Rot über die Straße. Es war bei ihm nachweislich auch Alkohol im Spiel. Mein Vater blieb unverletzt, aber der Goggo hatte einen Totalschaden. »Teilschuldig«, lautete das Urteil des Gerichts. Also: rote Ampel und Alkohol und dann *teilschuldig*. So war das. Die Empörung, die ich empfand, als ich die Geschichte hörte, half nichts mehr gegen die Wut und Beschämung von damals. Kinder nehmen so etwas mit. Ich habe das auch in mein Skript aufgenommen. Ich wollte meinen Vater rächen.

Vielleicht gibt es auch bei Lucca so eine schwierige Situation in der Familie, die ihn beschäftigt und traurig macht, dachte ich noch. Wie wohl die Feiertage zu Hause und im Internat mit ihm gelaufen sind? So packte ich meine Schultasche und ging hinaus zur Besprechung mit den Sozialpädagogen. Dabei erfuhr ich von Falk ein neues Detail. Lucca und Sonja hatten wie vereinbart in den Ferien ein paar Tage im Internat verbracht. Sie nahmen beide an der Schiwoche teil, die von den Sozialpädagogen geleitet wurde. Falk berichtete mir von einem Vorfall, nichts Tragisches, aber für zwei Stunden Aufregung hatte die Aktion durchaus gesorgt. Lucca und Sonja waren nämlich eines Abends plötzlich verschwunden. Die Anrufe am Handy blieben unbeantwortet. Falk machte sich bereits auf, sie im Gelände zu suchen, da kam ein Telefonat aus Bludenz. Sie seien jetzt am Bahnhof, gaben die beiden an, und ob man sie nicht dort abholen könne? Wieder zurück in der Wohngruppe quatschte Sonja etwas von einer Katze, der sie einfach nachgegangen wären, und Lucca erzählte, dass sie nur Bus fahren wollten. Alles zusammen schien nicht besonders glaubwürdig, aber zumindest verhielten sie sich dann für den Rest der Woche wie Einser, meinte Falk. Ich war gespannt, ob die beiden Jugendlichen in der Klasse etwas über diese Fahrt nach Bludenz erwähnen würden.

Über die Anderen gab es nichts Ungewöhnliches zu berichten. Alle Schüler waren wieder am Jagdberg erschienen, alle gesund und munter. In der Klasse konnten wir ein paar nette Beobachtungen machen. So trug Jimmy sichtlich stolz das schwarze Marken-Shirt mit Kapuze, das er als Weihnachtsgeschenk bekommen hatte. Auch Lorenz hatte eine kleine Schachtel mit, in der er den versteinerten Haifischzahn aufbewahrte. Bei Michelle freute uns besonders, dass sie pünktlich angereist war, denn bei ihr war das keine Selbstverständlichkeit.

Nacheinander erzählten alle von ihren Ferien, außer einem: Lucca. Seine Hand blieb unten, er wollte nichts sagen. Eine kurze Nachfrage dahingehend beantwortete er mit Abwinken. Als Sonja an die Reihe kam, berichtete sie über ein paar Details aus der tollen Schiwoche mit dem Internat. Die Geschichte mit Bludenz verschwieg sie. Anschließend sollten alle ein paar persönliche Gedanken im Heft *Freies Schreiben* festhalten. Sonja schrieb eine lange und seltsame Geschichte über eine Familie von Amselmerlen. Ich weiß bis heute nicht, woher sie diese eigenartige Bezeichnung hatte.

Die Amselmerlen lebten im Wald. Als es Sommer wurde, hatten sie, gut versteckt zwischen den Ästen einer mächtigen Tanne, ein Nest gebaut. In dieses Nest legte die Amselmerlenfrau zwei graugrüne Eier mit rötlichen Punkten. Sie begann zu brüten. Eines Tages entdeckte sie tief unter ihr ein kleines Feld von wilden Erdbeeren. Die Erdbeeren lockten mit ihrer roten Farbe und die Amselmerle wollte das Nest einen Moment lang verlassen und die süßen Früchte genießen. Da flog ein kleiner, brauner Vogel über den Wald. Er wirkte müde, als wäre er von weit her gekommen. Als der kleine Vogel das verlassene Nest sah, ließ er sich in der Mulde aus Wurzeln und Moos eine Zeit lang nieder, dann flog er auf und verschwand. Die Amselmerle kehrte zurück. Da entdeckte sie ein weiteres Ei in ihrem Nest. Es war von bläulicher Farbe. Es war anders als die anderen, doch sie wollte das Ei behalten und das Junge aufziehen. An diesem Punkt war die Geschichte zu Ende. Ein ungewöhnlicher Schluss, fand ich.

Lucca kritzelte ein paar Sätze übers Schifahren ins Heft, und anschließend verbrachte er die längste Zeit damit, eine Zeichnung anzufertigen. Doch was ihn anging, sollte bald ein wenig Licht ins Dunkel kommen, und zwar beim Standortgespräch.

Zu diesem Gespräch waren beide Elternteile von Lucca in die Schule gekommen. Gemeinsam wurde nun die aktuelle Situation in Internat, Schule und Elternhaus besprochen. Es kam auch die Sprache auf die Weihnachtsferien, auf das Weglaufen. Lucca erzählte, dass die Sache einfach ein Spaß war. Langweilig sei ihnen gewesen und sie hätten Hunger gehabt, da sei er mit Sonja mit dem Bus nach Bludenz zum Bahnhof gefahren, um einen Döner zu kaufen. Das war dann die dritte Variante, die ich zu hören bekam.

Als Luccas Eltern an der Reihe waren, erzählten sie aus ihrer Sicht von den Weihnachtsferien. Es sei nicht so gut gelaufen, meinte Luccas Mutter. Sie wisse auch nicht, was dem Jungen fehle, er habe doch alles. Vielleicht ist das die Pubertät, meinte sie wie bereits vor Weihnachten am Telefon. Im Moment ist er nämlich mit überhaupt nichts zufrieden. Nicht einmal darüber kann er sich freuen, dass er noch einen kleinen Bruder bekommen wird. Sie sei nämlich schwanger – im vierten Monat. Ich horchte kurz auf.

Dann erinnerte ich mich wieder an Luccas Bild von Italien, an seine Erzählung aus dem Atelier. »Lucca hat mir erzählt, dass er im Sommer mit ihnen und dem kleinen Bruder nach Italien fahren werde. Stimmt das?«, fragte ich. »Nein«, antwortete Luccas Vater. »Heuer wird sich das nicht mehr ausgehen, auch wegen der Schwangerschaft meiner Frau. Das war damals nur eine Art Ablenkung in Bezug auf Lucca . Ich wollte, dass er aufhörte, so lästig zu sein.« Als sein Vater das sagte, zog sich Lucca die Kapuze über die Augen und sank tiefer in den Sessel hinein, so als wolle er überhaupt nichts mehr von der ganzen Sache hören. »Eh schon egal«, murrte er. Während der nächsten halben Stunde im Standortgespräch sagte er dann so gut wie nichts mehr. Lucca wippte nur noch ungeduldig mit seinem Fuß herum, bis das Gespräch zu Ende war. Dann standen alle auf, Luccas Vater klopfte dem Jungen fast kollegial auf die Schulter und meinte: »Das wird schon wieder, Großer.« Und seine Mutter drückte ihm ein paar Küsse auf die Wangen. In dem Moment wirkte Lucca wie ein kleines Kind.

Im Nachhinein beschäftigten mich diese Eindrücke noch längere Zeit. Irgendwie schien der Körper von Lucca die eigentliche Geschichte zu erzählen. Dieses Sich-Verstecken, als die Rede auf die Schwangerschaft kam und auf diese Italienreise. Von all dem wollte er nichts mehr hören, kam mir vor. Der Junge schien mit der Situation vollkommen überfordert zu sein. Am Ende des Gesprächs nannte ihn sein Vater »Großer«, gleichzeitig hatte Lucca feuchte Augen und wirkte wie ein Kleiner, der Angst hatte, dass man ihn alleine lässt.

Alles zusammen ließ einen Gedankengang in mir erstarken: Es kann doch sein, dass Luccas Rückzug mit der Schwangerschaft seiner Mutter zu tun hat? Vielleicht macht ihm das Sorgen, dass er nun in der Familie noch einen Konkurrenten mehr bekommt? Man kann diese Annahme durchaus einmal verfolgen. Womöglich hat er das Gefühl, dass da nichts mehr für ihn übrig bleibt, wenn er die Liebe teilen und nochmals teilen muss, überlegte ich. Zudem ist Lucca ja auch während der Woche am Jagdberg im Internat und nicht zu Hause. Das kann sein Empfinden ebenfalls beeinflussen. Die anderen sind sieben Tage in der Woche beisammen, er lebt Familie nur am Wochenende und in den Ferien.

Das klang irgendwie plausibel. Es gibt zwar den Spruch *Geteilte Liebe ist doppelte Liebe*, aber so einfach war das wohl nicht mit dieser Rechnung, weder bei Lucca, noch bei mir.

Geteilte Liebe ist doppelte Liebe, wer das wohl erfunden hat? Zu Hause wartete noch immer die letzte E-Mail von Wolfgang darauf, beantwortet zu werden. Wieder las ich diese Zeilen, die mich seit Tagen verfolgten und mein Herz in Geiselhaft genommen hatten: »... würde mich fast freuen, wenn du dich mal wieder so richtig verlieben könntest, wir bleiben ja sowieso ein paar, so oder so.«

An: wolf@cs.com
Betreff: bescheid

»sag mir bitte bescheid, wenn es fuer dich in einer beziehung wichtig wird«, das habe ich immer gesagt, immer! ... und das nicht einfach so, sondern weil es das einzige war, das ich hatte, dieses recht auf meinen stolz. jetzt soll ich mich neu verlieben? das ist dein wunsch? ich soll mich verlieben, damit ich dir die offenen worte an mich erspare? wolfgang, ich glaube, ich weiss schon bescheid. ich habe daher sorgsam ein paar fenster zugemacht, an der stelle wo die verletzlichkeit zu gross wird, vorhaenge zugezogen, tueren geschlossen. ich bin genauso frei wie du, und ich werde mich verlieben, wenn mir ums verlieben ist, und nicht dann, wenn es dir in deine angelegenheiten passt. ich bitte dich um klare worte, um eindeutigkeit, kein spiel, verstehst du, kein spiel! und keine sorge, ich bin nicht ohne halt, ich will alles hoeren, die ganze geschichte und mich dann entscheiden, was ich tun werde. und jetzt lass mich weinen ... m.

Der Wolf bat mich in seinem nächsten Brief tatsächlich um freies Geleit, darum, dass er diesem jungen und betörenden Geruch folgen konnte, aber ohne mich ganz zu verlieren. »Bitte, lass eine Brücke stehen zwischen uns«, schrieb er mir. »Du bist es gewohnt, alles zu haben, immer alles«, schrieb ich zurück. »Nein, er habe immer zu wenig gehabt, immer zu wenig Liebe«, war die Antwort. Ich ließ innerlich die Brücke stehen, ohne die Hoffnung, sie je wieder zu benützen. Dann wurde ich für längere Zeit still.

Vielleicht stimmte das sogar, mit dem *weniger Liebe* bekommen, zumindest subjektiv aus seinem Erleben heraus. War der Wolf doch der Zweitgeborene hinter einem Bruder. Nach ihm kamen nochmals zwei Schwestern. Er war ein *Sandwichkind.* Was mir dabei auffiel, war, dass alle meine Liebhaber und auch mein geschiedener Mann Zweitgeborene waren. Auf jeden Fall musste es da etwas geben, weswegen ich immer wieder bei einem jüngeren Bruder von Brüdern landete. Die zweitgeborenen Buben sind die, die auf die Welt kommen, und der erste Platz ist schon besetzt. Es gibt schon jemanden, der die mütterliche Liebe für sich reklamiert, und daher gibt es nur eine Möglichkeit, sich dem Widersacher zu stellen und zu rebellieren. Die Zweitgeborenen sind die Unruhigen und die Mutigen. Die Zweitgeborenen sind überspitzt gesagt die Feinde der Tradition. Eine große Schwester passt als Partnerin gut dazu. Sie ist keine Konkurrenz, eher so etwas wie eine zweite Mutter.

Als große Schwester war ich es gewohnt, die Vernünftigere zu sein und auf den Kleinen aufzupassen. Bei meinem Bruder kam dann noch hinzu, dass er im Alter von zwei Jahren nach einer Keuchhustenimpfung ziemlich krank wurde. Er bekam Atemnot und asthmaähnliche Anfälle. Es folgte ein Krankenhausaufenthalt mit traumatischen Auswirkungen. Zu der Zeit waren Eltern im Krankenhaus nämlich unerwünscht. So wurde ihnen gesagt, dass sie keinesfalls ins Spital kommen sollten, weil sich das Kind dann immer so schwer trenne und stundenlang nicht mehr zu beruhigen sei. Meine Eltern kamen dennoch. Durch eine Glasscheibe hindurch konnten sie meinen Bruder sehen. Sprechen durften sie nicht mit ihm. Als er dann wieder zu Hause war, ging er keinen Schritt mehr von seiner Mama weg. Er spielte beim Kochen mit den Autos zwischen ihren Beinen und ließ sie keine Sekunde lang aus den Augen. Glücklicherweise war dies auch möglich, denn meine Mutter war zu der Zeit Hausfrau und somit den ganzen Tag für ihn erreichbar. Es dauerte Monate, bis er sich wieder ein paar Meter weg wagte und nicht in Panik geriet, wenn sie den Raum verließ. Ich selbst hatte große Angst um ihn. Ich denke daher, man muss die Bindungstheorie auch in Verbindung mit den Geschwistern sehen. Alle sind betroffen, wenn eines betroffen ist. Das Drehbuch sagte: »Du musst gut auf ihn aufpassen, auf den Kleinen.«

Das einzig Gute an der Asthmaerkrankung meines Bruders war dann der Entschluss der Eltern mit uns nach Italien zu fahren – wegen der heilsamen Meeresluft. Es wurden zu Beginn der Ferien die Koffer gepackt und das Zelt verstaut. Jedes Jahr fuhren wir auf den Campingplatz und das Asthma tauchte nie wieder auf.

Von einem Legobagger und einem Klavier

Auf der Fahrt zum Jagdberg erzählte ich Margrit, Elke und Laurent dann von meiner Annahme, Luccas Rückzug könnte mit der aktuellen Schwangerschaft seiner Mutter zu tun haben und natürlich mit der Wut über diesen abgesagten Italienurlaub mit der Familie. Eigentlich waren wir alle derselben Meinung: Sollte es wirklich das neue Geschwisterchen sein, das ihm Sorgen machte, dann würde uns schon etwas einfallen. Die Eltern mussten von unserer Annahme eines Zusammenhanges zwischen Luccas Rückzug und der neuen Schwangerschaft Kenntnis bekommen. Nur so konnten wir alle zusammen an einem Strang ziehen und sehen, ob sich für den Jungen dadurch etwas zum Positiven verändern ließ.

In der Schule versuchten wir eine Palette von Interventionen zu planen, die Lucca wieder aus seiner Lethargie zurückholen konnten. Er sollte die Erfahrung machen, dass er als Mensch wichtig ist. Das war der erste Punkt. Weiters brauchte Lucca noch mehr Erfahrungen, die ihm veranschaulichen konnten, dass er Fähigkeiten besitzt und dass er auch selbst etwas bewegen kann. Laurent meinte zusammenfassend: »In unserer Schule bemühen wir uns um eine Pädagogik, die leise und diskret dafür sorgt, dass die Kinder hundertfach wertvolle, stärkende Erfahrungen machen können.« Das war das Ziel. Wir dachten darüber nach, welche konkreten Maßnahmen uns dorthin bringen könnten.

Plötzlich hatte Elke eine Idee. »Wir wollen doch für die Schule technische Unterrichtsmaterialien anschaffen, Konstruktionsspiele und Ähnliches,« sagte sie. »Wie wäre es, wenn Lucca so ein technisches Gerät für die Schule aussuchen darf? Ich bin der Meinung, das wäre eine Stärkung für seinen Selbstwert, eine Aufgabe, bei der er sich beweisen kann.« »Wie stellst du dir das genau vor?«, fragte Margrit. »Lucca soll gegen Auflagen den Auftrag erhalten, ein technisches Lehrmittel für die Schule anzuschaffen, als ein Zeichen dafür, dass er wichtig ist und ernst genommen wird. Er soll eine Wahl treffen. Mit den Kosten muss sich der junge Mann auch noch befassen«, meinte Elke. Wenn er dieses Objekt zusammengebaut hat, kann er das Ding als Experte auch der Gruppe vorstellen und entsprechend Wertschätzung und Respekt ernten.« Soweit die Theorie.

Es gab noch zahlreiche Diskussionen um das gesamte Vorhaben, denn im Grunde genommen machen wir keine *Geld-Pädagogik*. Wir wussten auch, dass Laurent in dieser Sache sehr empfindlich ist. Es gibt nämlich einen wichtigen Grundsatz bei uns: Verhalten wird nicht mit Materiellem belohnt, auch nicht mit Süßigkeiten. Die eigene Freude ist der Lohn.

Nachdem dieses Lehrmittel aber weiterhin im Besitz der Schule bleiben sollte, so die Überlegung, durfte man die Sache mit gutem Gefühl angehen. Also machte sich Elke auf und ging hinüber zu Laurent. Wie erwartet, kam er auch sofort auf den Punkt. »Was denkt ihr darüber? Hat das nicht mit *Geld-Pädagogik* zu tun?«, fragte Laurent. Elke breitete unsere Gedankengänge nochmals genau vor ihm aus. Was Laurent schließlich überzeugen konnte, war, dass wir uns ziemlich lange Gedanken über das Vorhaben gemacht hatten. Das wollte er ernst nehmen. So wurde die Aktion *Technik* gestartet.

Zuerst erklärten wir Lucca, dass er für die Schule ein technisches Lehrmittel bestellen sollte, etwas wie Fischer- oder Legotechnik. Der Junge war sofort Feuer und Flamme für dieses Projekt. »Ich habe schon eine Idee dafür«, meinte er begeistert. Ein Legobagger soll es sein, einer mit Fernsteuerung und und und ... Begeisterung griff um sich. Nun gut. Lucca durfte zum Direktor gehen und ihm sein Anliegen vortragen. Er erklärte Laurent in einem Mann-zu-Mann-Gespräch ausführlich die Vorteile dieser Maschine und verließ anschließend das Büro mit dem Auftrag, zunächst im Internet und in Broschüren zu recherchieren, was denn dieser Legobagger kosten würde. Das Verhandeln über die Kosten, samt schriftlichem Kostenvoranschlag, war dann Thema der zweiten Sitzung mit dem Direktor. Weiter ging es mit Bestellung aufgeben, Kopie anfertigen, dann kam das lange Warten.

Der Tag, an dem die Teile für den Legobagger geliefert wurden, war etwas ganz Besonderes. Es kam ein Anruf aus der Direktion: »Kann ich bitte Lucca sprechen.« Ich drückte dem Jungen das Handy in die Hand – »Es ist für dich Lucca«. Er hörte mit glänzenden Augen zu. Dann ging er zur Übernahme der Ware hoch aufrecht hinüber zum Herrn Direktor. Er kontrollierte das Paket, alles war da, wie bestellt. Nun wollte er nur noch bauen, bauen, bauen ...

Doch jetzt folgte der tragische Teil der Geschichte. Es war tatsächlich so, dass Lucca die Anleitung nicht verstehen konnte. Alles zusammen war zu komplex, zu schwer für ihn, und so verkehrte sich der Plan, Luccas Person zu stärken, auf einmal ins Gegenteil. Lucca musste erkennen, dass er sein Ziel nicht schaffen konnte. Diese Wende im Geschehen stellte auch uns Lehrpersonen plötzlich vor neue Tatsachen. Dieser Tiefschlag war nicht vorgesehen. Jetzt brauchte der Junge plötzlich jemanden, der ihn in seinem Scheitern begleitete. Er brauchte sehr viel positive Zuwendung, intensive und aufbauende Gespräche. Erst nach einem weiteren Tag schaffte er es dann in Begleitung von Elke, hinüber in das neue Schulhaus zu gehen und beim Direktor anzuklopfen. Wir durften ihn jetzt nicht alleine lassen.

Lucca hatte die hammerschwere Aufgabe, zu erklären, dass er es nicht konnte, dass er nicht in der Lage war, den Legobagger alleine zusammenzubauen. Diesen schweren Gang brachte er hinter sich. Mit gesenktem Kopf berichtete er stotternd über seine Probleme mit diesem Fahrzeug, das so viel Geld gekostet hatte.

Lucca konnte vor dem Direktor seine Niederlage eingestehen und ich bin heute noch vollkommen baff, wie das alles plötzlich möglich war. Manchmal brauchen Prozesse wohl einfach ihre Zeit.

Plötzlich entsprach Lucca einem unserer höchsten Ansprüche: *Das lasse ich mir von mir nicht länger gefallen!* Dieser Satz ist auch auf einem hellblauen Lesezeichen in magentafarbener Schrift zu finden. Auch wenn er ungewöhnlich scheint, stimmt er. So ist er gewollt. Wenn ein Kind neu zu uns in die Schule kommt, dann lautet der Satz wahrscheinlich noch so: *Das lasse ich mir von dir nicht länger gefallen!* Die Zuweisung ist eine deutlich andere. Kinder, die aus der Regelschule zu uns an den Jagdberg kommen, bringen meistens die Einstellung mit: »Die anderen sind schuld, dass es mir so schlecht geht.« Es sind die Lehrer, die Klassenkameraden, die Eltern und so weiter, die für die persönlichen Probleme verantwortlich gemacht werden. In unserer Schule geht es nun darum, eines zu lernen: *Egal, was für eine Geschichte du hast – du selbst trägst die Verantwortung für deine Handlungen und niemand anderer.*

Lucca hat diesen wichtigen Entwicklungsschritt gemacht: *Ich selbst bin verantwortlich für die Misere mit dem Legobagger.* Ich glaube, Laurent ging mit ihm anschließend noch ins Cafelino. Und in diesem Moment war er wirklich ein Großer! Diese gesamte Aktion war eine zentrale Erfahrung für den Jungen. Er ging heraus aus einer Verweigerungshaltung und hinein in die volle Verantwortung für das eigene Tun. Ich staunte – mitten im Scheitern kann es vorkommen, dieses *Glück der fünf Minuten.* Und es sollten noch weitere Schritte folgen.

In wenigen Tagen war eine Besuchergruppe angekündigt, die die Sozialpädagogische Schule und das Internat kennenlernen wollte. Zehn Bürgermeister aus den Walgaugemeinden hatten sich für eine Führung bei uns angemeldet. Das Besondere ist, dass die Gäste immer von unseren Schülern durch die gesamte Einrichtung geführt werden. Es gibt kaum jemanden unter den

Jugendlichen, der noch nicht als Guide diese wichtige Aufgabe wahrgenommen hat. Was die Guides dabei ganz besonders lieben, sind die coolen, dunkelblauen Guidejacken aus dickem Sweatshirtstoff mit dem Logo unserer Schule auf der Brust. Diese Jacken gibt es nirgends zu kaufen und die Schüler tragen sie voller Stolz. Wir waren schon gespannt, was Lucca sagen würde, denn er war diesmal als Guide vorgesehen. Er sollte allein zwei Personen übernehmen. Wir waren der einhelligen Meinung, Lucca schafft das.

Als Lucca diese Aufgabe annahm, freuten wir uns ungemein. Er nahm sie nicht nur an, sondern erledigte sie auch ganz wunderbar. Lucca wurde von den beiden Bürgermeistern im Nachhinein speziell erwähnt und ganz besonders gelobt. Wieder war ein wichtiger Schritt für den Buben, heraus aus der Verweigerung, gelungen.

Ich selbst konnte mich davon überzeugen, mit welchem Charme Lucca diese Aufgabe erledigte, denn als er mit den Bürgermeistern ins alte Schulhaus kam, hörte ich ihn durch die Türe hindurch erklären: »Das ist unser Klavierzimmer. Das ist etwas ganz Besonderes. Nicht jede Schule hat ein Klavier, auf dem die Schüler auch selbst spielen dürfen. Wir schon.«

Das berührte mich zutiefst: Lucca war das Klavier wichtig. Das hätte ich nicht gedacht! Ein Klavier ist etwas, das die wenigsten unserer Schüler von zu Hause kennen. Das Klavier ist eine andere Welt. Auch für mich war das Klavier einst *die andere Welt.*

Das Klavier war eine Welt, zu der ich als Kind aus verschiedenen Gründen keinen Zugang erhielt. Zum einen war es unmöglich, dass in unserem kleinen Haus, in dem die Großeltern unten und meine Familie oben wohnten, noch ein Klavier Platz gehabt hätte. Vor allem wäre so ein Instrument viel zu teuer gewesen. Bei meiner Freundin stand ein Flügel im Wohnzimmer. Darauf habe ich herumgeklimpert, sooft es ging und so lange es für die anderen zumutbar war. Albumblatt – für Elise.

Meine Eltern wollten mir dann eine Freude machen. Sie kauften mir eine Melodika. Mir hat dieses Instrument auch gefallen. Mit einem Klavier hatte es allerdings nicht im Entferntesten zu tun, selbst wenn ein paar weiße und schwarze Tasten auf dieser Melodika zu sehen waren. Meine Mutter hätte mir sogar erlaubt, dass ich in der Musikschule Unterricht nehme. An diesen Gang kann ich mich noch sehr gut erinnern. Die Musikschule war in einer alten Villa untergebracht, und zur schweren Eingangstüre aus Holz musste man vom Gehsteig weg ein paar Stufen hochsteigen. Diese Türe war der Eingang zur anderen Welt. Musikschulen waren damals etwas für eine geschlossene Gesellschaft, für Kinder aus gut situiertem Elternhaus. Das habe ich in diesen Räumen auf Anhieb gespürt. Es gab eine Lehrerin, die neben Klavier auch Melodika unterrichtete. Bei ihr sprachen meine Mutter und ich vor. Sie drehte das Instrument in ihren Händen hin und her und meinte, dass es sich hier um minderwertige Ware handle. Das sei etwas für die Freizeit, zum Musik machen untauglich.

Und mehr noch als die Worte war es der Tonfall in der Stimme, der das eigentlich Gemeinte für mich ausdrückte. Ich fühlte, was gemeint war: *Wir wollen dich nicht.* Das war gemeint. Ich hatte daraufhin nur ein Bedürfnis: raus aus diesem Haus. Betreten habe ich es später nie wieder.

So durchströmt mich immer ein besonderes Gefühl, wenn ich das Klavier in unserer Schule sehe und höre. Die Musik gehört allen. Sie gehört mir und Lucca und den anderen. Auch bei mir zu Hause steht heute ein Klavier. Ich habe als Erwachsene noch begonnen, Unterricht zu nehmen, in der Musikschule in der Nachbarstadt.

Nach der Geschichte mit dem Klavier war es vielleicht kein Zufall, dass genau ein Pianist mich so oft zum Weinen brachte vor lauter Berührung. Daher konnte ich in diesem Winter auch keine Klaviermusik mehr hören, weil es mir vor Schmerzen den Atem nahm. Warum dieses Auseinandergehen nach so vielen Jahren?

Der Wolf wollte mit mir reden und er lud mich ein, in den Semesterferien doch nach Paris zu kommen, in die Räuberhöhle in der Rue de Sévigné. Wir nannten seine Wohnungen immer *Räuberhöhlen*, weil sie auch immer so aussahen. Einfachstes Leben, jedoch gleichzeitig ein Paradies. Die Geschichte mit der Tänzerin sei wichtig für ihn. Er habe sich verliebt, so wie er das nicht kenne, wiederholte er. Ausgang ungewiss, das auch. Dass sie zwanzig Jahre jünger sei als ich, das spiele keine Rolle. »In der Leidenschaft ist jeder Körper schön«, sagte er, und dass er mich nicht verlieren wolle. Wir haben viel geredet, viel getrunken, viel Musik gehört und ich habe viel geweint in diesen Tagen in Paris, an demselben Ort, an dem ich früher so glücklich war. Doch ich wollte lernen, der Wahrheit ins Auge zu sehen. Ich konnte mir nichts mehr schönreden, nur noch das, was sich zeigte, akzeptieren.

Was ich nicht sagen konnte, war, dass ich mich verloren fühlte, so wirklich von Grund auf verloren. Dieses Gefühl hatte ich nie, trotz diesem großen Schmerz. Es gab da etwas, auf das ich vertrauen konnte und das mich beschützte. Ich kann bis heute nur erahnen, woher das kam. Vielleicht ist es das Urvertrauen.

Aber was ist, wenn du das nicht kennst, und du immer nur erfahren hast *wir wollen dich nicht?* Was dann? Ich glaube, dann gehst du unter – in so einem Moment.

Zwei Bilder und die Enttäuschung

Die Tage wurden länger und der Frühling kehrte am Jagdberg ein. Zu Hunderten sprossen die Schneeglöckchen und Krokusse aus dem Boden. Die Beete begannen ihre braune Farbe zu verlieren, und überall bahnte sich helles Grün einen Weg ans Licht. Es kam mir vor, als wären auch die Schüler alle gewachsen und reifer geworden. Michelle hatte begonnen, in einer Bäckerei zu schnuppern und man spürte, dass sie allmählich erwachsen wurde. Andreas freute sich auf seinen Einsatz im Tierheim. Wenn er dort ankam, dann sprangen die Hunde wie verrückt am Gitter des Zwingers hoch. Sie wollten raus auf die Wiese, spazieren, herumtollen, genauso wie unsere Schüler. Immer mehr Unterricht verlegten wir ins Freie. Wir unternahmen Lehrausgänge in den nahen Wald und schrieben und zeichneten unter freiem Himmel. Selbst Hebelgesetze wurden mit einer Art Wippe aus Baumstämmen erprobt und Schläuche für Beobachtungen des Wasserstandes herangezogen.

Es fiel auf, dass Lucca und Sonja einen besonderen Draht zueinander gefunden hatten. Wo immer es möglich war, suchten sie die gegenseitige Nähe und warteten bei Unterrichtsschluss an der Eingangstüre aufeinander. Sie waren ein seltsames Paar, diese beiden Jugendlichen: Sonja fast zwei Köpfe größer und drei Jahre älter als Lucca, sie langhaarig und blond, er lockig und dunkel. Beide waren auffallend schlank, Sonja jedoch ruhig und Lucca quirlig wie ein Wiesel. Ich hatte das Gefühl, dass sie sehr viel voneinander wussten. Manchmal tauschten sie nämlich Blicke aus, die so vielsagend schienen, Blicke die sagten: »Ich weiß, wer du bist.«

Sonja kam auch regelmäßig ins Atelier Zebra. Sie zeigte Interesse an Stillleben und am Abmalen von Tieren. In jüngster Zeit faszinierten sie die Bäume im Garten. Oft waren es auch Gegenstände, die als Ausgangsidee für ihre Bilder fungierten: Teetassen, Blumenvasen, Kerzenständer, getrocknete Lampionpflanzen, ein großblättriger Philodendron. Noch nie war ein Mensch in ihren Bildern aufgetaucht. Auch an diesem Tag sollte sich daran nichts ändern, und dennoch war eine Situation dieser Art neu. Als Sonja ins Atelier kam, wusste sie selbst noch nicht, was sie tun wollte. Das Stillleben war abgeschlossen, die Baumzeichnungen gerahmt. Wir begannen ein neues Gespräch.

»Was ist eine Amselmerle?«, fragte ich Sonja. »Eine Amselmerle ist einfach eine Amsel oder eine Schwarzdrossel, wenn man so will.« »Möchtest du dir nicht noch einmal deine Geschichte vorstellen, die mit der Amselmerle und dem kleinen braunen Vogel?« Sonja nickte. »Was ist denn das Wichtigste in dieser Geschichte?« »Alles ist wichtig«, meinte Sonja. »Die Erdbeeren?« »Nein, die eher nicht.« »Zeichne doch einmal auf, wie du die Geschichte siehst, einfach so ...« Dann ließ ich Sonja eine Zeit lang mit Papier und Stiften allein. Ich zog mich hinter meinen Schreibtisch zurück.

Sonja zeichnete. Sie begann mit einem starken Ast, der in der Mitte gegabelt war. In dieser Astgabel sah man gut verankert ein Nest. Am Rand des Nestes saß eine große, schwarz gesprenkelte Amsel. Ihr Kopf war vornüber gebeugt und sie betrachtete drei Eier, die in diesem Nest lagen, zwei bräunlich-grüne, ein bläuliches. Die Skizze war fertig. Ich fragte Sonja: »Was denkt die Amsel?« »Sie ist traurig«, meinte das Mädchen. »Warum? Wegen dem falschen Ei?« ...

So ging unser Gespräch hin und her und hin und her, bis Sonja ganz genau das Bild vor Augen hatte, das sie nun groß malen wollte. Ich wusste von Anfang an, dass dieses Bild mit ihrer Familie zu tun hatte, mit Sonja selbst und ihren Sorgen. Nun stellte sie diese Empfindungen hinaus auf eine Leinwand, und auf dieser Ebene konnten wir darüber sprechen. Über ein zielgerichtetes Gespräch und über Worte allein wäre dieser Gang in das eigene Bergwerk zu diesem Zeitpunkt sicherlich gescheitert. Auf dem Umweg über die Bilder wurde er möglich.

Wieder waren es die Tiere, die eine besondere Rolle in Sonjas Ausdrucksmöglichkeiten spielten. Überhaupt verbreitete sie eine ganz besondere Aura. Dieses Mädchen wandelte im Kosmos des Jagdbergs umher wie eine elfenhafte Schutzgöttin aller Lebewesen. Seltsamerweise ließen sie alle anderen trotz dieses Entrückt-Seins in Ruhe und suchten gar ihre Nähe. Vielleicht war es die Friedfertigkeit, die sie ausstrahlte und die andere suchten. Vielleicht war es eine wundervolle Art von Naivität, die die Mitmenschen aus jeglicher Konkurrenzsituation heraushob.

Sonja fand eine Raupe im Garten, und davon erzählte sie allen in der Klasse wie ein fünfjähriges Kind. Sie erzählte, dass die Raupe nun genau hinter dem Strauch beim Eingang zur Verwaltung sitze. Sie habe das Tierchen dorthin gebracht, dort sei es sicher vor den Raben. Dort finde es auch Futter, denn es gibt Brennnesseln in der Nähe. Seltsam, kein Mensch lachte bei Sonjas Schilderungen. Wo ansonsten nur Grelles, Technisches und Digitales bei den Mitschülern Eindruck hinterlassen konnte, da verstand es Sonja, mit einer Raupe Beachtung zu finden. Sonja brachte uns ein Stück Kindheit zurück. Gerade sie, die in einer Pflegefamilie aufwuchs, sie brachte diese Wärme in die Klasse. Was die Pflegeeltern hier geleistet hatten, konnte man nur erahnen. Jetzt war noch zu hoffen, dass das Mädchen selbst auch als Person wieder erstarken konnte, dann wäre alles gut.

Nachdem Sonja im Atelier gewesen war, erschien wie durch ein Wunder auch Lucca wieder im Zebra. Eigentlich hatte ich schon darauf gehofft, denn Schritt für Schritt konnte man in den letzten beiden Monaten zunehmend positive Veränderungen beobachten. Er wurde wieder offener und fröhlicher und manchmal ein bisschen frech und pubertär. Aber das passte gut so. Lucca meldete sich auch wieder für den Bauernhof an. Wir hatten allen Grund, optimistisch zu sein. Nun fragte er um einen Atelierplatz an, nachdem er über so lange Zeit kein Interesse mehr bekundet hatte. Das war wunderbar.

Als Lucca ins Atelier kam, erzählte er mir von Peach, einer Prinzessin aus einem Videospiel. Peach hat langes blondes Haar, blaue Augen und eine schlanke Figur. Eigentlich sieht Peach aus wie Sonja, dachte ich bei dieser Schilderung. Peach hat auch magische Fähigkeiten. Sie wurde von der bösen Figur des *Bowser* entführt und gefangen gehalten und *Super Mario* möchte sie aus der Not retten. Es war wie im Buch Seekers, eine Fantasiewelt, die Lucca faszinierte, eine Welt voller Elfenwesen und geheimnisvoller Mächte. Er befand sich stets im Kampf gegen das Böse.

Doch eines war unüblich für Lucca, er wollte diese Peach einfach von einem Internetausdruck abpausen. Seine Zeichnung von der Prinzessin sollte perfekt sein. Nur mit Hilfe des Abpausens konnte das annähernd gelingen. Dann aber störte ihn dieser Strich, dann ein anderer, man konnte die Linien zu wenig durchsehen, und so weiter und so fort. Peach machte ihn mehr wütend als glücklich. Sein Anspruch an Perfektion war einfach zu hoch.

Schließlich erfuhr ich auch, warum es Lucca so wichtig war, dass das Bild makellos werden sollte. Peach war ein Geschenk an Sonja. Er brauchte also meine Unterstützung für diese Produktion. Der Overheadprojektor war dann die Rettung. Mit seiner Hilfe konnte er die Linien nun durchsehen und sie abpausen. Da stand sie dann, die Prinzessin, in ihrem rosaroten Ballkleid mit den weißen Handschuhen und der goldenen Krone, wie ein Direktimport aus Hollywood. Lucca zeigte sich sehr zufrieden mit seiner Arbeit und strahlte über das ganze Gesicht.

Obwohl der Bub an diesem Tag quasi nur eine Kopie erstellt hatte, empfand ich den Moment als großes Glück, als er vorsichtig sein Werk in Seidenpapier einschlug. Er ging so liebevoll damit um, zudem hatte er seit langem wieder einmal den Weg ins Atelier gefunden. So war ich auch guter Dinge, dass sich alles nun positiv entwickeln würde.

***

Wie wir bereits wissen, kam alles ganz anders. Es kam diese große Enttäuschung.

Anstatt einer positiven Weiterentwicklung der Geschichte mit Lucca kam am selben Tag diese Beschimpfung, dieser Moment, der mich aus den Schuhen warf und mich zur Verzweiflung brachte. Dieser Treffer, dieser unglaubliche Affront. Unfassbar war das alles in diesem Moment.

Der Junge malt am Morgen zusammen mit dir im Atelier diese Prinzessin Peach und am Mittag macht es *peng*! Einfach so. Du gehst mit einem Infoheft zur Wohngruppe. Du läutest an der Tür und siehst den Jungen vor dir, der gerade eben mit dir im Atelier war und ein Bild gemalt hat. Und dann ruft dir derselbe Junge ins Gesicht *Du kascht grad warta, bis d'fruschtig bischt!* Damit nicht genug. Er läuft dir auch noch in den Hof hinaus nach und wiederholt diesen beleidigenden Satz: *Du kascht grad warta, bis d'fruschtig bischt!*

Ich war so froh, dass ich das alles mit Laurent besprechen konnte und dass er mir die Bücher über die Bindungstheorie mitgegeben hatte. So war ich wenigstens in der Lage, über dieses ganze letzte Schuljahr noch einmal von Beginn an nachzudenken. Im Nachdenken über diese Zeit ist mir vieles klarer geworden. Ich kann jetzt sehen, dass Lucca doch sehr ambivalent ist in seinem Beziehungsverhalten. Aber der Junge hat auch große Fortschritte gemacht. Er hat wieder Fuß gefasst. Er hat sogar Verantwortung für sein Tun übernommen, wenn ich an die Geschichte mit dem Legobagger denke. Er hat wieder einen Sinn in den Werkstätten für sich gefunden. Er ist zurückgekommen.

Anscheinend kann es doch sein, dass von einer Stunde zur anderen eine schöne Geschichte wieder einen Einbruch erlebt. Mit diesem Einbruch muss ich umgehen. Doch was mich tatsächlich bestärkt, was mich sicher werden lässt, das ist das Team. Das Team hat mir im Moment der empfundenen Niederlage geholfen, und ich bin sicher, es wird mir auch in der weiteren Klärung der Geschichte helfen. Margrit und Laurent haben mich gehalten. Aber wir sind ja noch mehr, das Team ist noch weit größer. Nun wusste ich auch genau, was zu tun war.

Ich werde meine Angelegenheit auch auf einer weiteren Ebene besprechen. Ich werde meine Sorge in der Montagsbesprechung vor allen noch einmal ausbreiten.

Die Kraft der Kooperation oder Haim Omer und der gewaltfreie Widerstand

Für die Montagsbesprechung trafen wir uns im Atelier am runden Tisch, und zunächst wurden die Anliegen aller Anwesenden gesammelt. »Ich möchte auch in dieser größeren Runde nochmals über Lucca sprechen«, gab ich zu Protokoll. Johanna erwähnte Thomas, einen Schüler, den ich noch nicht so gut kannte. Thomas war erst seit wenigen Tagen bei uns. Er wohnte in der gleichen Wohngruppe wie Lucca. In diesem Moment erinnerte ich mich wieder an den Appell. Ich sollte die anderen Buben nicht vergessen, die bei dieser Beschimpfung im Internat zugegen waren. Beinahe wäre das untergegangen. Doch es war wichtig! »Das passt mir sehr gut«, erklärte ich, »denn Thomas war ja auch mit von der Partie bei dieser Aktion gegen mich, genauso wie Robert.«

»Robert«, das war das Stichwort für Falk. Er begann mit seinen Schilderungen. Er erzählte, dass er neulich mit dem Motorrad nach Hause fahren wollte, und als er beim alten Schulhaus um die Ecke bog, stand da Robert mit einem Nylonsack am Straßenrand. Aus diesem Nylonsack heraus warf er Steine. Lucca rief dazu: »Super, Treffer!« Auch er trug einen Sack voller Kieselsteine, mit denen er auf Falk zielte.

»Das ist ja fast eine Parallelgeschichte«, meinte ich. »Spielte Thomas auch eine Rolle?« »Ja, schon«, antwortete Falk, »aber eine passive. Der saß auf der Mauer und grinste während der ganzen Aktion.«

Da fiel es mir wie Schuppen von den Augen, bei mir war es ja genauso. Bisher hatte ich gedacht, Thomas sei rein zufällig als Zuschauer da gewesen, aber jetzt bekam das Ganze einen anderen Drive.

Die Rolle von Thomas wurde klarer. War er der Drahtzieher hinter den Aktionen? Meine Kollegin hatte ähnliche Wahrnehmungen beizusteuern. »Auf jeden Fall ist es so, wenn Thomas im Gelände ist, schwänzeln alle anderen um ihn herum. Er ist für alle eine Art Chef, ein Anführer. Wenn man den Kindern glaubt, hat der Kleine sogar von seiner Mutter Zigaretten geklaut, um sie an Thomas weiterzugeben. Ich merke auf jeden Fall einen deutlichen Unterschied, wenn er in der Nähe meiner Schüler ist. Die versuchen sich dann auch mit auffälligem Verhalten vor Thomas zu profilieren. Ist unsere Klassentüre zu, und sie haben keinen Kontakt mehr zu Thomas, ändert sich das wieder. Dann sind sie wieder in ihrer alten Rolle.« In Summe waren diese Beobachtungen sehr interessant.

Erst durch die Vernetzung auf Erwachsenenebene kam ein Puzzleteil zum anderen. Lucca hatte in meiner Wahrnehmung schon seit dieser Aktion mit dem Namen *Schleimi* die Rolle des *Laufjungen* in der Gruppe. Er versuchte zu gefallen und mitzuhalten. Jetzt, nachdem Thomas, ein Vierzehnjähriger mit stark dominantem Verhalten, neu in die Wohngruppe gekommen war, spurte er. Ich konnte mir durchaus vorstellen, dass er sich auch zum Steinewerfen überreden ließ. Auch der Volksschüler wurde womöglich zum willfährigen Handlanger. Diese beiden ließen sich gut instrumentalisieren, und Thomas nützte das anscheinend aus.

Alle diese Erkenntnisse konnten wir nur durch Kooperation gewinnen. Denn in der Montagsbesprechung treffen sich alle Klassenleiterinnen mit den Teamleitern des Internats zu einem gemeinsamen Austausch. Im Internat arbeiten Professionisten, die neben der Schule von Sonntagabend bis Freitagmittag mit den Kindern zusammenleben, mit ihnen die Freizeit gestalten und vor allem auch Kontakt mit den Eltern halten. Es gibt zudem vielfältige therapeutische Angebote. Somit existiert ein Netz von Erwachsenen, das sich um die Kinder und Jugendlichen während ihres Aufenthaltes am Jagdberg kümmert. Der zentral wichtige

Punkt ist die Vernetzung dieser Personen untereinander. An dieser Stelle möchte ich den Namen Haim Omer ins Spiel bringen.

Haim Omer ist Lehrstuhlinhaber für Klinische Psychologie an der Universität Tel Aviv, und er hat sich über viele Jahre mit einem geeigneten pädagogischen Konzept gegen den Anstieg von Gewalt bei Jugendlichen befasst. Im Konzept der *Neuen Autorität* werden Erziehungspersonen, also Eltern, Lehrpersonen und Erzieher, beraten und begleitet, mit dem Ziel, sich mit gewaltlosem Widerstand wieder Anerkennung und Respekt zu verschaffen.

Damit das gelingen kann, ist eines von zentraler Wichtigkeit, der Zusammenschluss der Erwachsenen, das Team! Schon einmal habe ich den Satz geschrieben, Täter kennen keine Wärme. In diesem Satz steckt im Grunde genommen die ganze Weisheit: Tut euch zusammen, nützt eure gemeinsame Kraft, um gegen Gewalt und Unrecht Widerstand zu leisten. Die menschliche Wärme, das ist die Kraft des Teams!

Unter Team wird in der Sozialpädagogischen Schule zunächst der Lehrkörper samt Direktor verstanden. Doch das Team muss, wie wir sehen, größer gedacht werden. So geht es zunächst um die Vernetzung mit den Eltern, in unserem Falle vor allem auch mit den Sozialpädagogen. Haim Omer sieht darüber hinaus auch das Gemeinwesen als wichtigen Teil des Netzwerks an. Ein afrikanischer Spruch sagt: »Es braucht ein ganzes Dorf, um ein Kind zu erziehen«. Es wäre zu wünschen, dass Menschen das Großziehen der Kinder auch als eine gemeinsame Aufgabe begreifen. Was ich sehe, ist leider oft das genaue Gegenteil davon, die Probleme werden ausgelagert und niemand will mit schwierigen Kindern etwas zu tun haben.

Im Sinne einer noch engeren Vernetzung sahen Direktor Laurent und Bereichsleiter Steinitz die Notwendigkeit, die Kooperation zwischen Schule und Internat noch weiter zu intensivieren. Eine neue Idee entstand, die Idee vom *Paedakoop*. Der Name besteht aus den Worten *Pädagogik* und *Kooperation*, und verweist auf die Zusammenarbeit zwischen Internat und Schule. So wollen wir in naher Zukunft heißen.

Der Name *Paedakoop* baute sich zunächst wie eine riesige kubistische Skulptur vor mir auf, vor allem wenn er in Großbuchstaben auf einem Papier geschrieben stand. Ein dreidimensionaler Körper, so etwas wie eine futuristische Sternwarte, aber das lag wohl in den Ohren und Augen und Empfindungen des Betrachters, wie wahrscheinlich alles in den Ohren und Augen und Empfindungen des Betrachters liegt, weil wir uns unsere Wirklichkeit selbst konstruieren. Ein Gedanke, der übrigens nicht unwichtig ist, hier am Jagdberg: Konstruktivismus. »Die Wahrnehmung der Welt ist untrennbar mit unseren Wahrnehmungsorganen verbunden«, habe ich irgendwo gelesen, wahrscheinlich bei Maturana und Varela, und das hat mir eingeleuchtet. Ein Hund sieht die Welt anders als ein Vogel, und ich sehe die Welt anders als meine Kollegin Margrit. Es ist beispielsweise so, dass ich nach wie vor Mühe habe, die Baseballmützen auf den Köpfen der Schüler zu sehen, die während des Unterrichts heruntergenommen werden müssen. Sie fallen mir quasi nicht ins Auge, wohingegen sie Margrit nicht nur ins Auge fallen, sondern das Auge sofort und aufs Gröbste beleidigen.

Mit dem Konstruktivismus findet uns auch das dritte Lesezeichen, das wir vor einiger Zeit drucken ließen. Hellgrün auf Magenta kann man darauf den Satz lesen *Glauben wir, was wir sehen, oder sehen wir, was wir glauben?*. Ich denke, unsere Vorstellungen von der Welt beeinflussen das, was wir sehen. Es ist nicht unerheblich, mit welchen Augen ich die Kinder in unserer Schule wahrnehme, was ich über diese Kinder denke. Dies hat unzweifelhaft einen Einfluss auf das Gelingen oder Scheitern unserer Beziehung.

Auf jeden Fall, *Paedakoop* gefällt mir zunehmend besser, vor allem der Gedanke der Vernetzung der Unterstützungssysteme für unsere Schüler, angefangen von den Lehrpersonen bis zum Gemeinwesen, scheint mir von zentraler Bedeutung. Es darf uns als Gesellschaft nicht egal sein, was mit unseren Jugendlichen passiert.

Für uns in der Montagsrunde stellte sich nun die nächste und zentrale Frage: Was können wir Erwachsene gegen grobe Normverletzungen von Kindern und Jugendlichen unternehmen? Auch zu diesem Thema liefert Haim Omer wichtige Erkenntnisse, die er aus dem Bereich der Gewaltforschung gewinnen konnte. Er spricht vom *gewaltfreien Widerstand.* Mit diesem Begriff knüpft er an Gandhi an. Damit unterscheidet er sich auch von traditionellen Konzepten über Autorität.

Was mich in seiner Theorie sofort angesprochen hat, ist der Punkt, dass im Vordergrund nicht das Gewinnen steht, sondern ein Austreten aus der Eskalationsdynamik. Es darf für mich als Lehrerin also unwichtig sein, ob ich Siegerin in einer Auseinandersetzung bin oder bleibe. Diese zermürbenden Kämpfe kann man mit bestem Gefühl zur Seite legen. Es geht nicht um Gewinnen und Verlieren. Feindseligkeit ruft wiederum Feindseligkeit hervor. Diese Aussage ist eine zentrale Erkenntnis aus Haim Omers Forschungen. Omer nennt dies *Symmetrische Eskalation.* Dem steht der Begriff der *Komplementären Eskalation* gegenüber. Inhaltlich geht es dabei um die Beobachtung, dass ständige Nachgiebigkeit von Eltern oder Lehrpersonen stets höhere Forderungen auf Seiten der Jugendlichen nach sich zieht.

Was bedeutet das nun für mich als Lehrperson im Umgang mit schwierigen Schülern? Es herrscht landläufig die Vorstellung, schwierige Schüler sollte man zu Lehrern geben, *die ihnen zeigen, wer der Chef ist,* am besten also zu körperlich überlegenen Männern. Schnell mutiert der Schüler dadurch zum Gegner – zu jemandem, der in dieser Rollenzuschreibung quasi den Teufel in sich hat, bei dem man daher gegenüber positiven Signalen misstrauisch sein muss. Man muss den Dämon kontrollieren, weil sonst er sofort die Macht übernimmt. Dann geht es Aug' um Aug' und Zahn um Zahn. Anders funktioniert es nicht, denn der Lehrer hat die Pflicht, zu gewinnen, weil er moralisch recht hat und weil er ansonsten strategisch verloren ist. Dabei gibt es eine Verbindung zwischen Dominanzausrichtung und Eskalationsrisiko. Wenn der Lehrer es darauf angelegt hat, mit Anschreien, mit Beschimpfungen, Beleidigungen oder Belehrungen die Oberhand zu behalten, dann steigt die Gefahr enorm, dass die ganze Situation eskaliert.

Daher wird in unserem Fall an erster Stelle ein offenes Gespräch von Falk mit Thomas, dann auch mit Lucca und Robert stattfinden. Als Vertreter der Gesamtinstitution wird Falk den Schülern nochmals die Normen von Internat und Schule unmissverständlich klar machen. Es ist natürlich ein Unterschied, ob das Gegenüber nun ein Volksschüler oder ein Vierzehnjähriger ist. Selbstverständlich wird gegenüber allen wiederum der Grundsatz aufgezeigt, dass sie keine schlechten Kerle sind. Sie müssen aber auch wissen, dass wir eingreifen, wenn sich die Normverletzungen fortsetzen. Damit müssen alle drei rechnen, und gleichzeitig muss die Würde des Kindes jederzeit gewahrt bleiben.

»Lehrpersonen haben vielleicht zu wenig Sanktionsmöglichkeiten, aber sie haben viele Reaktionsmöglichkeiten«, meint Haim Omer. Es ist wichtig, jeden Gewaltakt auch als ein öffentliches Anliegen zu verstehen, weil dadurch nämlich die Grundlagen des menschlichen Zusammenlebens nach dem Motto *Mir sind eure Vorschriften egal!* missachtet werden. Werden diese Vorschriften verletzt, dann muss eine Autoritätsperson als Repräsentant der Gemeinschaft dagegen auftreten.

Mobbing und Gewalt haben nur dann eine Chance, wenn die Opfer isoliert sind. Daher muss auch die Peer dazu ermuntert werden, Bericht zu erstatten, wenn ihnen derartige Dinge auffallen. Es ist demnach eine besonders wichtige erzieherische Aufgabe, die Verpflichtung zur Berichterstattung unter Schülern aufzuzeigen und dies nicht als *Verpetzen* anzusehen.

Wichtig ist bei allen Überlegungen, das Ziel nicht aus den Augen zu verlieren. Haim Omer sagt sinngemäß: *Es gibt nur ein Ziel – die Kommunikation zwischen Kindern und Lehrpersonen wieder neu in Gang zu bringen und dann positiv zu verändern.*

Es wird sicher viel Beziehungsarbeit notwendig sein, um Thomas auch ein Wir-Gefühl vermitteln zu können. Noch ist er ja quasi neu hier. Es braucht Maßnahmen, die Vertrauen schaffen können. Es reicht bei gewalttätigen Kindern und Jugendlichen jedoch nicht aus, alles auf die Gestaltung einer gelingenden Beziehung und auf Akzeptanz zu setzen. Es ist auch notwendig, Präsenz zu zeigen durch Beaufsichtigung, Kontrolle und durch wirksame Aktionen.

Präsenz ist also ein weiterer Schlüsselbegriff. Dies bedeutet zum einen *körperliche Präsenz.* Körperliche Präsenz meint: Ich bin in der Nähe und kann dich erreichen. Diese Botschaft vermittelt eine Lehrperson, die sich nicht hinter ihren Schreibtisch zurückzieht, sondern in der Klasse und im Schulgelände präsent ist. Dadurch wird zum einen signalisiert, dass die Lehrperson eingreifen wird, sollte jemand bedroht werden, und zum anderen vermittelt sie den Kindern die Sicherheit, dass sie vor Verletzungen geschützt werden. Forschungsarbeiten haben den Nachweis erbracht, dass die verstärkte Anwesenheit von Lehrpersonen in allen Bereichen der Schule eine wichtige Grundbedingung dafür darstellt, dass Mobbing überwunden werden kann. Zudem stärkt die Präsenz der Lehrperson, die sich beispielsweise im Klassenzimmer zwischen den Bänken bewegt, ihre Autorität. Neben dieser körperlichen Präsenz erwähnt Omer auch die *emotional-moralische Präsenz.* Das Credo lautet dabei: Ich gebe dir nicht nach, und ich gebe dich nicht auf! Die moralische Haltung, die in diesem Satz beschrieben wird, unterstreicht eine willensstarke Seite und drückt gleichzeitig eine positive emotionale Grundhaltung gegenüber den Schülern aus. Dass Lehrpersonen eine derartige Haltung einnehmen können, setzt voraus, dass sie auch eine entsprechende Achtung und Unterstützung erfahren. Daher benötigt man den Grundsatz, dass jede gravierende Überschreitung der Normen eine Angelegenheit der ganzen Schule ist. Davon kann man am Jagdberg ausgehen. Es ist darüber hinaus nicht nur eine Angelegenheit der ganzen Schule, sondern auch eine Angelegenheit der Eltern, sowie ihrer Stellvertreter im Internat. Das nennt man *zwischenmenschliche Präsenz.*

Hier schließt sich der Kreis. Wiederum sind wir beim Team angelangt. Wo es in vielen Schulen nur heißt: *Ich bin präsent*, verändert es sich am Jagdberg zum *Wir sind präsent.* Thomas, Lucca und Robert müssen damit rechnen, dass täglich Bericht erstattet wird. Die Erwachsenen sprechen miteinander, direkt und per Telefon, wir tauschen uns über das Infoheft aus und sitzen gegebenenfalls zu einem Helfergespräch zusammen. Die Eltern werden informiert. Wir Erwachsene bleiben handlungsfähig und geben nicht nach. Die tragende Botschaft an die Schüler ist die Haltung: *Ich gebe dich nicht auf!*

Das ist ja im Prinzip genau dasselbe wie Laurents Übung mit den Händen, wurde mir plötzlich klar. Die Beziehungshand muss auch in schwierigen Situationen halten.

Über den Garten

Nach einem weiteren Gespräch half Lucca als Wiedergutmachung in seiner Freizeit im Garten mit. Falk war es wichtig, dass er eine Aufgabe bekam, die der Gemeinschaft nützte, da kam dieses Projekt mit der Bepflanzung hinter dem Internat gerade recht. So sah man in den nächsten Tagen Lucca, Thomas und Robert gemeinsam mit Falk im Garten schwitzen. Wer der Vorarbeiter war, konnte jedermann sofort erkennen. Als ich ihnen zusah, hatte ich das Gefühl, dass die Arbeit den Jungen merkbar Spaß machte. Sie posierten zwischendurch mit den Schaufeln wie Männer auf den Plakaten eines Baumarkts. Die Diskussion beim Spannen einer Richtschnur hatte die Wichtigkeit eines Politgipfels. Und dann wurde wieder angepackt.

Dabei kam mir Johanna in den Sinn. Sie hat nämlich ihre eigene Theorie über die Arbeit in der Natur. Johanna glaubt, dass die Arbeit in Wald und Garten deshalb so wohltuend für unsere Schüler ist, weil die Natur die Kinder einfach in Ruhe lässt. Die Natur stellt keine ständigen Forderungen an die Person, sie redet nicht, sondern ist einfach still und gibt Ruhe. Viele unserer Kinder brauchen das. Hektik und Stress und Leute die ständig auf sie einreden kennen sie zur Genüge. Darum freute sich Johanna auch, als ich ihr einen Artikel über *Healing Gardens* in ihr Fach gelegt hatte. »Niemand will lange in einem Krankenhaus bleiben«, hieß es dort, weil niemand sterile Räume als angenehm empfindet und weißes Licht und Geruch von Desinfektionsmitteln. Daher würden jetzt auch in den Krankenhäusern Pflanzeninseln und Lichtinseln installiert und Räume mit freundlichen Farben gestrichen. Eigentlich wusste Johanna das von den *Healing Gardens* schon längst. Sie beherrschte die Kunst, Pflanzen zu verstehen. Sie hat sich am Jagdberg mit ihrer Verteidigung der Langsamkeit auch immer mehr auf die Pflanzen eingelassen.

Auch Elke, meine Kollegin aus dem Unterinntal, konnte diesen Pflanzenzauber von Kindheit an verstehen. Sie liebt es, im Grünwerk mit den Schülern zu arbeiten. Als sie neulich von draußen ins Lehrerzimmer kam, konnte man ihr von weitem ansehen, dass sie etwas sehr Amüsantes erlebt hat. Elke erzählte uns die Geschichte mit einem breiten Lächeln im Gesicht.

Matthias aus unserer Klasse war dabei, die Gartenbeete für die Aussaat vorzubereiten. Er hatte vor, die Erde mit einem Spaten umzugraben, doch als er zum ersten Stich ansetzte, hielt er plötzlich inne. Irgendetwas irritierte ihn im hohen Gras, ein Ding war da, ein komisches. »Boah – was ist denn das?«, rief er aus. Elke sagte: »Das ist eine Weinbergschnecke.« »Echt?« »Ja.« »Und was tu ich jetzt damit?«, fragte Matthias. »Ich zeige dir, wohin man sie geben kann«, antwortete ihm Elke. Sie fasste die Schnecke vorsichtig beim Haus und hob sie hoch. Dann überreichte sie das Ding ihrem Schüler und zeigte in Richtung Ruine. Matthias übernahm das außerirdische Wesen und trug es behutsam aus dem Gartenbeet hinaus. Dann setzte er es neben der Mauer ins Gras. Man kann das Eigentliche dieser Geschichte nicht erklären. Es war einfach da, in diesem Moment, *das Glück der fünf Minuten.*

Eine andere Begebenheit, die nicht auf allen Seiten nur Freude auslöste, war folgende: Elke hatte voriges Jahr einige Diskussionen mit Laurent über den sogenannten Frauenmantel, eine Pflanze, die als Bodendecker zwischen den höher ragenden Pflanzen eingesetzt werden sollte. Laurent ist kein rechter Freund des Frauenmantels, weiß der Kuckuck warum. Vielleicht weil er etwas bieder aussieht oder zu unscheinbar ist. Er wurde dennoch von Elke ausgesetzt und studiert. Alchemilla Xanthochlora ist wirklich eine kleine Alchemistin, haben ihr die Bücher verraten.

An Inhaltsstoffen findet man im Frauenmantel Gerbstoffe wie Ellagitannine, auf die wahrscheinlich die gestagenartige Wirkung zurückzuführen ist. Das heißt, der Frauenmantel beeinflusst die Fruchtbarkeit der Frau auf positive Weise. Damit nicht genug.

Elke hatte im Grünwerk noch anderen Schabernack getrieben und den Storchschnabel schön regelmäßig in den Rabatten verteilt, wo doch schon 1910 der Forscher Dr. Aigremont schrieb: »Die schnabelförmige Frucht brachte die Pflanze mit dem Storch, dem Vogel ehelichen Glücks, zusammen.« Der Storchschnabel ist also auch ein Kindsmacher, einer mit *bocksähnlichem Geruch* und somit einer von der harten Sorte. Die Folgen blieben dann nicht aus. Fünf Schwangerschaften zählten wir am Jagdberg, eine Freude und manchmal auch Überraschung für die Mütter, und im Moment ein Riesen-Personalproblem für die Schule.

Den Schülern waren diese Lehrerinnen- und Direktoren-Internas selbstverständlich unbekannt. Doch eines war bei ihnen immer spürbar: Sie liebten das Grünwerk. Manchmal grenzte es schon an ein Wunder, welche Verwandlungen sich im Grünen vollzogen. So konnte man neben Sonja eines Tages auch Michelle im Garten entdecken. Sie war ein richtiger Hingucker, denn ihr aufwändiges Make-up mit den schwarz umrandeten Augen kontrastierte wunderbar mit den Gummistiefeln und der grünen Arbeitskleidung. Es war kaum zu glauben, Michelle saß zwischen den Stängeln und steckte mit bloßen Händen Blumenzwiebel in die Erde. Das klingt unspektakulär, aber nur für diejenigen, die Michelles Fingernägel nicht kennen. Michelles Fingernägel sind nämlich ihr Hauptbeschäftigungsfeld. Über Stunden feilt sie im Internat daran herum. Sie lackiert die Nägel in mehreren Schichten und klebt zum Schluss Strasssteinchen oder Abziehbildchen auf das Kunstwerk. Mit diesen Fingernägeln grub Michelle in der Erde! Zu guter Letzt ließ sie sich wie eine Königin mit baumelnden Gummistiefeln von Dennis in der Schubkarre herumkutschieren. Unglaublich, was da passierte!

Auch unser junger Kollege Biologe hatte im Lehrerzimmer eine Natur-Geschichte beizusteuern. Die ging so: Er war mit einer Gruppe von Schülern unterwegs zum nahen Wald, als einer plötzlich ausrief: »Herr Kremmel – da, eine Henne!« »Wo?«, fragte Herr Kremmel. »Na da, eine schwarze Henne!«, wiederholte der Bub und zeigte auf einen großen Vogel. Wir ahnten alle, was für ein Tier der Schüler gesehen hatte ... Es war auf jeden Fall keine Henne. Der arme Kollege von der Biologie musste sich noch etliche humorige Nebenbemerkungen in Sachen Unterrichtsqualität anhören, das war dann das Ergebnis. »Ein bisschen mehr Papierschule wäre vielleicht angebracht, mein Lieber«, meinte jemand. Aber sicher, Papierschule gibt es am Jagdberg auch, wenn auch vielleicht ein paar Kopien weniger.

Groß denken

Nach den Wiesen fingen die Bäume an zu blühen. Ich spürte eine Veränderung in meinem Inneren. Diese Veränderung hatte mit Wolfgang zu tun. Ich hatte immer den Eindruck, genügend Liebe für alle zu haben. Selbst dann, als ich sie teilen musste mit anderen Frauen, hatte ich das Gefühl, dass die Liebe nie ausgehen wird und eines Tages trägt, mich selbst und den Wolf.

Ich denke, der Jagdberg hat mich verändert. Denn eines Tages tauchte wie die Blüten der Apfelbäume das Gefühl auf, dass nun etwas anderes kommen sollte. Ich glaube, ich möchte eines nicht mehr. Ich möchte es nicht mehr, das Teilen der Liebe mit den Vielen. Ich glaube, ich werde diesen Punkt in meinem Drehbuch jetzt mit einundfünfzig Jahren neu schreiben.

Ich weiß nicht genau, woher diese Veränderung kam. War es die Auseinandersetzung mit dem eigenen Skript? War es Laurent, der zu mir gesagt hatte: *Denke groß!* Denn groß denken heißt auch: Jetzt bist du dran! Jetzt schreibst du ein Buch, obwohl du das nicht gelernt hast, und jetzt nimmst du dir etwas Besonderes für dich heraus. Jetzt kommt ein anderes Kapitel im großen Plan, dachte ich dazu. Es passte einfach nicht mehr zu mir, dieses Leben mit dem Wolf, so wie ich es geführt hatte. Vorher war es richtig, für die Zukunft fühlte es sich falsch an.

Ende Mai kam eine E-Mail von Wolfgang. Er war krank vor Sorge und Traurigkeit. Die Tänzerin hatte ihn verlassen. Es gab einen neuen Mann in ihrem Leben. Dem Wolf zersprang schier das Herz. Alles hatte er sich vorgestellt mit dieser schönen jungen Frau. Kinder wollte er haben. Er, der zuvor nicht einmal das Wort Verantwortung aushalten konnte. Er, der es gewohnt war, bei

Schwierigkeiten einfach das Revier zu wechseln. Er wollte heiraten und Kinder haben mit ihr. Ich hatte ihm das in dieser neuen Beziehung sogar zugetraut. Nun lagen seine Träume in Trümmern. Dann schrieb er, dass es wohl sehr seltsam klingen würde in meinen Ohren, aber er habe Sehnsucht nach mir. Er habe Sehnsucht nach etwas, das bleibt. Was ich wohl tun würde, wenn er eines Tages mit dem Koffer bei mir auftauchte, und mir sagen würde: »You are the one ...«, fragte er mich.

An: wolf@cs.com
Betreff: warum?

warum hast du mich das gefragt? warum hast du mir diese frage zugeschickt: »was wuerdest du tun, wenn ich eines tages mit dem koffer bei dir ankomme und sage »you are the one... «? warum dieser satz, der das potential hat, mir von neuem eine gemeinsame zukunft mit dir vorzustellen? jetzt – nachdem ich alles akzeptiert habe, nachdem die wunden ein wenig verheilt sind? wenn du mir heute diese frage stellen wuerdest, dann wuerde ich wohl eine flasche wein mit dir trinken und wir wuerden sehr lange miteinander reden. ich wuerde dich innig umarmen und dich dann bitten zu gehen – weil dein herz noch ganz woanders ist. und ich wuerde zu dir sagen: »bitte lass eine bruecke zwischen uns stehen, geliebter wolf!«
alles liebe für dich, marina

Perspektiven

Wie ist es mit Sonja weitergegangen? Noch immer konnte ich unseren Dialog aus dem Atelier nicht vergessen. Ihre Worte und ihr Bild von den Amselmerlen schienen mir von weitreichender Bedeutung. Wie war das noch einmal? *»Was denkt die Amsel?« »Sie ist traurig.« »Warum? Wegen dem falschen Ei?«* Was Sonja damit ausdrücken wollte, erschloss sich dann im nächsten Standortgespräch.

In diesem Gespräch erzählte Sonjas Pflegemutter von einem sehr traurigen Wochenende. Sonja hatte sich ins Zimmer eingeschlossen, und es dauerte sehr lange, bis sie die Türe für ein Gespräch öffnete. In diesem Gespräch stellte sich heraus, dass sich das Mädchen Sorgen um die gemeinsame Zukunft machte. Sie hatte das erdrückende Gefühl, ihre Eltern würden das Pflegschaftsverhältnis beenden, weil das Leben mit ihr nicht einfach war. Sie hatte das Gefühl, sie würde den Weg ihrer Mutter gehen. Davor hatte sie wirklich Angst. Die Eltern taten das einzig Richtige in diesem Moment. Sie schlossen Sonja in die Arme.

Als Institution konnten wir dem Mädchen umfassende Unterstützung anbieten und weiterhin versuchen, ihr leise und dezent Erfahrungen zu ermöglichen, die ihr zeigen konnten, dass sie eine große Bereicherung für uns alle war. Doch auch ihre weitere Zukunft musste überlegt werden. Sonja war in der letzten Klasse.

Lucca entwickelte sich indessen emotional in eine erfreuliche Richtung. Seine schulischen Leistungen hingegen waren eher schlecht, er wirkte oft sehr unmotiviert. Margrit war der Meinung, dass Lucca eine neue Perspektive für sich brauche, ein attraktives Ziel, auf das er hinarbeiten kann. Immerhin wohnte er bereits seit zwei Jahren am Jagdberg im Internat. So kamen unsere Expposituren ins Gespräch. Längst besteht die Sozialpädagogische Schule ja nicht nur aus dem Stammhaus am Jagdberg, sondern es gibt die Zweigstellen Feldkirch und Wolfurt im Tal. Koordiniert werden die Exposituren von jungen Frauen, den ungekrönten Prinzessinnen. Die Kinder in den Exposituren fahren nach der Schule täglich nach Hause. Für manche ist es einfach besser, daheim zu schlafen, insbesondere die Jüngeren haben manchmal Heimweh.

»Das wäre doch eine Sache für Lucca, die Aussicht, wieder bei der Familie wohnen zu können«, meinte Margrit. Von der Expositur Feldkirch wäre es eine Viertelstunde Busfahrt bis zu ihm nach Hause. Diese Idee war gut, so ein Stufenplan hatte sich bei einer Rückführung schon oft bewährt. Vielleicht konnte man das Ganze mit einem ersten Besuch in einer Expositurklasse schon relativ bald angehen.

In der Zusammenarbeit mit dem Internat schnürten wir einen neuen Plan für Lucca. Dieser wurde mit den Eltern besprochen und dann zu Luccas großer Freude im Standortgespräch vorgestellt. Er sollte bis zum Schulschluss noch ein paar Schnuppertage in Feldkirch absolvieren. Im kommenden Herbst sollte er schließlich ganz in die Expositur wechseln. Das Ziel war eine Rückführung in die Regelschule. Mit diesem Stufenplan war der Weg dahin Schritt für Schritt geebnet.

Mit dieser Entscheidung wurde ein besonders wichtiger Aspekt der Pädagogik deutlich: Wir dürfen den richtigen Zeitpunkt für eine Änderung im Sinne des Kindes nicht verpassen! Wir müssen die Kinder wieder loslassen, sie wieder hinausschicken, wenn es passt! Lucca brauchte ein neues Ziel, eines, das ihm erstrebenswert schien und auf das er hinarbeiten wollte. Er brauchte eine Motivation und neue Energie für den Sprung hinaus ins Leben!

In der Klasse machte sich ein Geist der Veränderung breit. Eine Weite tat sich auf in Richtung Sommer. In dieser Weite verschwand zunächst Michelle für zwei Tage. Sie verbrachte ihre Zeit wohl an der Ill oder sonst irgendwo im Freien. Eine Suche wurde eingeleitet. Am nächsten Tag kam sie dann wieder in die Schule und tat so, als wäre überhaupt nichts Besonderes gewesen. *Eine Königin braucht niemanden um etwas zu fragen,* war vielleicht ihre Annahme gewesen. Matthias war das alles egal. »Die geht nächstes Jahr eh arbeiten«, meinte er erfahren.

Dennis blieb noch weiter an unserer Schule. Er begann schon drei Wochen vor Schulschluss damit, alle seine Sachen penibel zu ordnen und Unterlagen abzuheften. Anschließend sortierte er die Bücher in der Klasse nach dem Alphabet und erstellte eine Liste von fehlenden und vorhandenen Exemplaren. Er fand, dass wir zu viele Bücher von Star Wars im Regal haben und meinte, das sei Kinderkram. Nächstes Jahr brauche er auf jeden Fall etwas anderes ... Andreas gab ihm Recht. »Es sind außerdem zu viele Mädchenbücher da«, sagte er. Wir sollten etwas Gescheiteres anschaffen. Da waren sich beide völlig einig.

Jimmys Leben sollte sich in diesen Tagen am meisten verändern. Der Umzug zu seinem Vater in die Schweiz wurde organisiert. Seine Giraffe packte er ein, den Hamster und die Kappe. Als seine Koffer abholbereit dastanden, meinte er, dass er in einem Jahr vielleicht wieder einmal auf Besuch komme, aber nur an einem Mittwoch, denn dann gibt es Gemüsesticks. Zum Abschied steckte Lorenz ihm einen Brief zu, den er selbst am Computer geschrieben hatte.

Sonja wollte noch weiter in die Schule gehen. Für uns Lehrpersonen war das eine große Freude. Sie wagte den Sprung ins Gymnasium. Ihre Anwesenheit war für uns alle am Jagdberg eine Bereicherung. Es war zu hoffen, dass sie dies auch als ihre persönliche Stärke wertschätzen konnte. Zum Schulschluss steckten wir ihr ein gelbes Lesezeichen in das Buch, das sie als Klassenbeste aus der Hand von Direktor Laurent geschenkt bekam. Darauf stand: *Sei gut zu dem Gesicht im Spiegel. Immer.*

Lucca wuchs in einem Monat um zwei Zentimeter. Er versuchte, sich gegen Ende des Schuljahres nur noch die Rosinen aus dem Kuchen zu picken. Er besuchte voller Stolz die Klasse in der Expositur. Lesen mochte er auch noch, aber nur im Liegen auf der Eckbank oder im Lesesessel. Auf seine Faulheit angesprochen, meinte er gelassen, nächstes Jahr, wenn er dann in der Expositur Feldkirch sei, dann werde er schon Gas geben! Jetzt seien ja praktisch schon Ferien.

Was er gerade noch ablieferte, das war in Deutsch eine Erzählung über den Urlaub. Seine Familie würde samt Baby nach Italien fahren, schrieb er. Sie würden vom Onkel den BMW ausleihen, denn darin sei mehr Platz als in ihrem Corsa. Und dieses Mal stimmte die Geschichte wirklich.

Das springende Pferd

Dann kam der letzte Tag, an dem das Atelier offen war. Lucca kam ins Zebra und er fragte mich, ob er eine große Leinwand haben könne. »Eine große Leinwand? Du weißt doch, wie viel Arbeit damit verbunden ist«, sagte ich zu ihm, »und du weißt, eine große Leinwand bedeutet auch, dass wir lange darüber reden werden, was du malen möchtest. Es muss klar sein, wohin die Reise geht! Einfach so rücke ich keine große Leinwand heraus. Ich will außerdem, dass du etwas von dir hineinlegst, Lucca. Herzblut, verstehst du! Und kein Chillen!« Das alles sei ihm klar, antwortete Lucca. Aber es sei ganz wichtig. Er wisse auch schon ganz bestimmt, was er malen wolle, drängte er weiter. Auf einmal war wieder eine gewisse Energie in dem Jungen spürbar, eine Energie, die darauf abzielte, dass er diese Leinwand für sich erobern wollte. Unaufgefordert machte er sich über die Schachtel mit dem Skizzenpapier her. Dann legte er zur Demonstration der Ernsthaftigkeit seines Vorhabens los.

Er habe so etwas gesehen, so ein Wesen, das aussehe wie ein Pferd, aber eines mit Flügel, erzählte er, und dabei flog der Bleistift über das Papier wie ein Wirbelsturm. Von links unten nach rechts oben und dann in der Diagonale dazu ein paar Flügel und *peng*, ein Auge und fliegende Hufe, die sich abhoben von der Erde. »Aha.« »Ja.«

»Wie stellst du dir das mit den Farben vor?«, intervenierte ich. »Hier Gelb und Rot und Schwarz, da auch, und eine schwarze Mähne, sonst brauche ich nichts.« In diesem Moment konnte ich nicht einmal denken *Deutschlandfahne*, denn ich sah ihn selbst schon aufsteigen, den rot-schwarz-gelben Pegasus. Das war wohl die kürzeste Besprechung seit Beginn des Schuljahres, und dafür gab ich Lucca auch noch eine Leinwand von ein auf eineinhalb Meter, die ich für das Büro von Bereichsleiter Steinitz angeschafft hatte!

Mit seiner Energie hatte mich Lucca buchstäblich über den Tisch gezogen. Mir selbst stellten sich die Haare auf, als ich ihm dann noch den breiten Pinsel in die Hand drückte und die großen Plastikschalen auf den Tisch stellte, in denen jeweils eine halbe Flasche der besten französischen Acrylfarbe verschwand, die Lucca nicht zu knapp mit genüsslichem Zudrücken in die Schalen füllte. Hilfe! Im Zusehen konnte ich mich konfrontieren mit meinem inneren Sparprogramm. Soviel teure Farbe! Doch ich tat es auf sehr lustvolle Art und Weise. Dann legte Lucca unbeirrt los, wie ein Profi.

Pinsel eintauchen, zurücktreten, dann fünf Schritte nach vorne und pasch! Eine rote Linie zerteilte in der Diagonale die Leinwand in zwei Hälften. Mit Gewusel zauberte Lucca den Eindruck einer Mähne, die im Wind der Steppe dahinfliegt. Die Hinterhand des Pferdes spannte sich wie ein Indianerbogen. Dann kam der gelbe Wind und tauchte die Landschaft um das Pferd in hellen Ocker. Der Sand zerstob unter dem aufprallenden Gewicht der Hufe in alle Richtungen. Eine Stelle des roten Körpers erinnerte an einen Stier in der Arena von Sevilla. Die Lanze eines Picaderos steckte in der weichen Haut des Tieres und verdichtete alle Energie auf einen einzigen Punkt, auf den Punkt des Absprungs. Eintauchen, Schwarz, los! Das Schwarz machte klar, wohin die Reise ging. Die Reise ging nach rechts oben. Sie ging hinaus über den Rand der Leinwand und hinein in den Raum. Und wäre ein Fenster geöffnet, dann würde es dort hinausfliegen und aufsteigen in den Himmel, das springende Pferd.

Alles war so schnell und intensiv über die Bühne gegangen, dass ich mich staunend an den Schreibtisch setzen musste, nachdem Lucca das Atelier verlassen hatte. Das Pferd war immer noch da, mit seinen prachtvollen Farben, und noch erschöpfte es sich nicht. Ich kannte das von anderen Bildern, dass sie dir zunächst freudig in die Augen springen und nach kurzer Zeit sind sie nur noch ein Schatten ihrer selbst. Noch hatte das rote Pferd seine Kraft nicht verloren, noch war seine Energie im Raum, ein Flirren und ein Sprung!

Ich lehnte mich in meinem Bürostuhl zurück und da nahm ich es wahr: die Stille um mich herum und ein warmes Gefühl. Ein Radio stand auf dem Kasten zwischen den Gefäßen. Ich genoss diesen Anblick ohne das Bedürfnis danach, die Stille mit Musik zu füllen. Ich war eine Geigenbauerin in ihrer Werkstatt, und die Zeit strömte und Sinn entstand ohne Zutun, einfach so.

Noch lange sah ich das rote Pferd vor meinem inneren Auge und erfreute mich an seiner Poesie. Lucca hatte es geschafft. Er hat ihn gewagt, den Sprung heraus aus seiner Lethargie und hinein in eine Zukunft. Vielleicht würde morgen wieder alles anders sein, doch im Augenblick hatte die Freude die alleinige Oberhand!

Am nächsten Tag zeigte Lucca sein Werk Direktor Laurent. »Wie heißt denn dein Bild?«, fragte ihn dieser. Lucca antwortete voller Stolz: »Das springende Pferd«. Das Bild erhielt in der Werkstatt einen Rahmen, und dann kam der Tag, an dem es in die Verwaltung, in das Büro von Herrn Steinitz überstellt wurde. Man muss sich das in etwa so vorstellen wie den Triumphzug in der Geschichte von *Peter und der Wolf*. Lucca und ich gingen vorne weg und trugen gemeinsam das Bild. Dahinter kam Direktor Laurent. Am Ende der Reihe folgte der Zivildiener mit Wasserwaage, Hammer und Stahlnägeln in der Tasche. So marschierten wir über das weite Schulgelände. Wir gelangten in das Büro von Herrn Steinitz und der Zivildiener erledigte seine Arbeit. Inzwischen unterhielt sich der Bereichsleiter angeregt mit dem jungen Künstler. Schließlich kam der Moment, in dem das Bild feierlich an die Wand gehängt wurde. Luccas Augen strahlten. Wie ein Großer schüttelte er zum Abschied kräftig die Hand von Bereichsleiter Steinitz.

Schulschluss

Für den Tag der Zeugnisverteilung wurde ein Saal im Konservatorium angemietet, der groß genug war für die zahlreichen Gäste und zudem über eine gute technische Ausstattung verfügte. Der Zeugnistag war nämlich etwas ganz Besonderes, zu dem sich Schülerinnen und Schüler aus allen drei Standorten der Schule samt ihren Lehrpersonen versammelten. Ich erkannte unter den Besuchern den Geschäftsführer des Vorarlberger Kinderdorfs, der uns zu diesem Anlass beehrte. Seine aufrechte Körperhaltung spiegelte die Haltung gegenüber unserer Schule wieder, großzügige und tatkräftige Gesten. Dann kamen die Menschen aus dem Internat und aus der Verwaltung: der Bereichsleiter, die Sozialpädagogen, die Gruppe der Psychologen und die Sekretärinnen. In der Herzlichkeit der Begegnung zwischen Bereichsleiter Steinitz und Laurent konnte man spüren, dass diese zwei Männer trotz ihrer unterschiedlichen professionellen Felder Verbindendes gefunden hatten.

Fußball war es, wenngleich Real Madrid und Laurents FC Barcelona kaum kompatibel sind. Weiters war es der Humor, das *Palim-Palim* des begnadeten Entertainers Steinitz. Doch vor allem verband sie die Liebe zur Arbeit am Jagdberg.

Laurent begrüßte die ehemalige Leiterin und ihre Stellvertreterin vom Werk der Frohbotschaft Batschuns. Von diesen Frauen sprach er immer mit einer hohen Wertschätzung, denn sie und ihre Mitschwestern unterstützen unsere Arbeit in vollkommener Uneigennützigkeit. Sie wissen zudem, wen sie unterstützen und sie stehen dazu! Die Schwestern vom Werk der Frohbotschaft sind der gute Geist hinter allem.

Bunt wurde die Mischung der Besucher durch das Beisein der Familien. Geschwister und Eltern der Schüler waren anwesend, manchmal auch Großmütter und Großväter. Ein buntes Volk gab sich die Ehre, Frauen im schönsten Kleid, Kurzarmhemden waren zu sehen, aber auch T-Shirts und Tätowierungen, High-Heels und Flip-Flops, Direktor Laurent im leichten Sommeranzug, Geschmackvolles und Grelles und eine Bühne mit prachtvollem Blumenschmuck aus dem Grünwerk. Das Schlagzeug war aufgebaut, viele Meter Kabel wurden zwischen den Boxen verlegt. Die Mikrofonständer und die E-Gitarren verwiesen auf ein kraftvolles Statement der Schulband, die Präsentation vor versammeltem Saal, der Höhepunkt nach einem langen Schuljahr. Es folgte die feierliche Übergabe von samtblauen Mappen mit Abschlusszeugnissen und Büchergeschenken an die Klassenbesten, Händeschütteln, eine Fanfare. Der Pfarrer war ein gescheiter Mann. Er wusste genau, wen er vor sich hatte. So verdichtete er seinen Part der Schulschlussmesse auf das Wesentliche und erfreute mit wertschätzenden Worten alle Anwesenden. Irgendwo klingelte ein Handy. Amen. Die Menschen applaudierten.

Auch die Familie von Lucca vor mir applaudierte, froh darüber, dass es im Programm weiterging. Das Baby schlief noch in seinem Transportsitz, doch der mittlere Sohn war nur mehr schwer auf seinem Platz zu halten. Der Vater ganz links in der Reihe hob ihn zunächst mit seinen durchtrainierten Armen hoch, sodass er alles gut sehen konnte. Daneben saß Luccas Mutter, eine blonde Frau mit gebogener Nase und hellblauem Lidschatten. Sie hatte sich feierlich zurechtgemacht und freute sich sichtlich über diese Einladung. Dann wurde es dem kleinen Jungen beim Vater zuviel. Er turnte hinüber zur Mama und hüpfte dort ungeduldig auf ihren Knien herum. Erst als ein Handy aus der Tasche gezogen wurde, beruhigte er sich ein wenig. Jetzt war er eine Zeitlang beschäftigt. Irgendwann entdeckte er dann die Fotofunktion und fortan wurde fotografiert. Einmal fiel es zu Boden, ein erschrockener

Blick – nichts passiert. Schließlich zogen die riesigen Powerpoint-Bilder auf der Bühne das Interesse des Jungen auf sich. Das Handy wanderte zurück in die Tasche. Nun stand der Bub auf Vaters Schoß und deutete lebhaft auf das Powerpoint-Bild, auf dem ein schmaler Bub mit dunklen Locken und freundlichem Lachen ein Kälbchen um den Hals hielt. »Lucca! Lucca!«, tönte es. Fünf Bilder später wieder: »Da ist Lucca!« Diesmal saß Lucca mit zwei weiteren Schülern am Tisch mit den Bauersleuten und hielt Brotzeit. Der reale Lucca stand indessen mit einer Gitarre in der Hand wie ein Popstar auf der Bühne und wartete auf seinen Einsatz. Voller Einsatz anstatt Verweigerung. Niemand hätte das vor ein paar Monaten noch für möglich gehalten.

Später las Sonja vor versammeltem Publikum eine selbst geschriebene Geschichte vor. Michelle moderierte gemeinsam mit einem Jungen aus der Expositur Wolfurt die Veranstaltung. Sie wirkte wie jemand aus dem Fernsehen, wie aus einer Jugendsendung. Ihr Vater schüttelte am Schluss der Veranstaltung sichtbar gerührt Laurents Hand.

Schließlich folgte der musikalische Dank an die Schüler und Eltern: *You'll never walk alone.* Von *alone* konnte tatsächlich nicht die Rede sein, denn aus allen Reihen im Saal erhoben sich die Mitarbeiter aus Schule und Internat. Ein Team von etwa siebzig Personen drängte sich auf der Bühne Schulter an Schulter zusammen. Zwei Frauen und ein Mann ergriffen die Mikrofone. Dahinter stand wie ein Block der Chor. Bereit, einatmen, los. *When you walk through a storm ...* erfüllte den Raum bis hin zum hintersten Stehtisch, auf dem die Gläser bebten, bis zum mehrstimmigen Refrain *And you'll never walk alone ...*

Zum Schluss schwirrten alle Menschen um die prächtig gefüllten Silberplatten. Die kleinen Brötchen mit Schinken und Ei, das Blätterteiggebäck und die Schnittchen schwanden dahin. Es gab allerlei leckere Kuchen, den die Hauswirtschafterinnen aus dem Internat gebacken hatten, und natürlich Limonade. Die Kaffeemaschine war durchgängig in Betrieb. Angenehme Entspannung lag in der Luft – Ferien, endlich Ferien.

Im Juli trat ich allein eine Reise nach England an. Ich wollte ans Meer, an einen Ort, den die Einheimischen *The Forgotten Corner* nennen. Zuerst ging es mit dem Flieger nach London Stansted, dann über die Liverpoolstation zur Paddingtonstation, wo die Züge in Richtung Süden weiterfahren. Seit vielen Tagen hatte ich nicht mehr an die Schule gedacht, all das war unendlich weit weg. Ich schickte ein paar Zeilen an Wolfgang, schrieb von einer stundenlangen Reise durch eine weite, regenverhangene Landschaft. Schließlich gelangte ich nach Plymouth. Am Abend spazierte ich hinunter zum Hafen und setzte mich auf eine Bank. Es war kalt und regnerisch, und ich zog mir die Kapuze der Windjacke über die Ohren. Da kam eine Gruppe von Jugendlichen, bekleidet mit Neoprenanzügen, darüber T-Shirts und kurze Hosen. An den Füßen hatten sie Turnschuhe. Sie kletterten alle nacheinander auf die Hafenmauer. Ich traute kaum meinen Augen, als ich sah, wie sie der Reihe nach ins Meer hinuntersprangen. Im Wasser dümpelte Plastikmüll und das Öl hielt sich in regenbogenfarbenen Schlieren an der Oberfläche. Schlotternd kletterten die Jugendlichen über ein paar Stufen wieder an Land, dann zurück auf die Mauer und das Schauspiel ging von vorne los. Aus den blondgefärbten Haaren eines Mädchens rann das ölverschmierte Hafenwasser hinein in ihre Nikeschuhe.

Eine ältere Dame kam dazu. Sie sprach das Mädchen an, erzählte den Jugendlichen etwas von *unhealthy*, und dass sie auf sich schauen sollten. Das Mädchen drehte der Frau den Kopf zu, während sie sprach. Sie hörte sich ganz genau an, was die Dame zu erzählen hatte und balancierte dabei auf der abschüssigen Mauer. Als die Frau den letzten Satz beendet hatte, drehte sich das Mädchen um, nahm Anlauf – und sprang!

Da waren sie wieder, die Kinder vom Jagdberg! In diesem Moment drückte ich auf den Auslöser. Auf dem Foto flog ein Mädchen mit nassen Haaren in einer Diagonale von links unten nach rechts oben. Sie flog hinaus über den Rand der Mauer und hinein in einen weiten Raum. Ich sah das Mädchen und das springende Pferd, und der Atem stockte mir angesichts ihrer unbändigen Lebensenergie.

Anhang
Einige historische Daten zur Einrichtung *Jagdberg*

1885 Gründung der Rettungsanstalt am Jagdberg, der Liegenschaft der Kreuzschwestern von Ingenbohl

1936 Erwerb der Liegenschaft Jagdberg durch das Land Vorarlberg und Führung der Gesamteinrichtung (Internat und Schule)

1999 Privatisierung des Landesjugendheimes Jagdberg und Umbenennung in Sozialpädagogisches Internat
Träger: Vorarlberger Kinderdorf

2003 **Privatisierung der Landes-Sondererziehungsschule Jagdberg und Umbenennung in Sozialpädagogische Schule**
Schulträger/Schulerhalter: Werk der Frohbotschaft Batschuns, Vorarlberger Kinderdorf

2008 **Eröffnung des zweiten Schulstandortes in Feldkirch** inklusive der ambulanten Betreuung (LOB)

2010 **Eröffnung des dritten Schulstandortes in Wolfurt**

2011 Eröffnung der Wohngruppe in Feldkirch-Altenstadt